KB265804

상자 밖에서 생각하라

신문의 행간行間에서 세상을 읽다 |김정원의 1분 경영노트|

상자 밖에서

Think outside the box

생각하라

김정원 지음

이른아침

좋은 글은
하루를 여는 최고의 선물입니다

좋은 글은 하루를 여는 최고의 선물입니다. 우리들에게 '울림'을 주는 좋은 글은 어떤 화려한 선물보다 더 큰 가치를 만들어주기 때문입니다. 바쁘게 살아가는 현대인들에게 삶의 지표指標가 되고 쉼표가 될 수 있는 좋은 글을 읽는 시간은 무엇과도 바꿀 수 없는 즐거움을 주고 좋은 마음을 가꾸고 일구는 행위이기도 합니다.

종이 신문에서 뽑은 좋은 글 한 문장이 우리의 인생을 송두리째 바꿔놓을 수 있습니다. 청소년들에게는 미래의 꿈을 키워줄 수 있고, 젊은이들에게는 삶의 지침이 되며, 어른들에게는 종합적인 배경지식의 원천이자 유익한 정보의 지식창고입니다.

신문은 사람들의 삶 그 자체입니다. 하루치 신문은 300쪽짜리 책한 권 분량으로 우리 사회에서 일어나고 있는 다양한 주제를 다루며, 호기심으로 가득한 이야기들이 고스란히 담겨져 있기 때문입니다.

신문에는 세상 사람들의 사는 냄새가 물씬 묻어납니다. 지면에는 사람들의 삶이 꿈틀거리고 펄떡거리며, 생생하고 유익한 지식과 정보들로 가득 채워져 있습니다. 또한 통섭의 장이자, 우리 공동체의 시대정신이 있고 시대가 앓는 문제가 맞부딪치는 삶의 현장입니다. 그래서 신문 읽기는 세상을 읽고 소통하는 의미 있는 행위입니다.

특히 정보통신기술IT 발전으로 인터넷, SNS(소셜 네트워크 서비스)

등이 우리 사회의 패러다임을 바꾸고 있지만, 현대 사회에서 신문보다 더 값싸고 정제된 정보를 대량으로 전달하는 매체는 없습니다.

무원 스님(천태종 총무원장 직무대행)의 제안으로 시작된 '1분 경영노트'는 2010년 7월부터 인터넷을 통해 배달되었습니다. 신문 행간行間에서 뽑아 압축 요약한 1분 경영노트에는 인생의 희로애락喜怒哀樂, 시대정신, 시대가 앓는 문제가 그대로 녹아 있습니다. 1분 경영노트는 현대인들의 바쁜 일상 속에서 의미 있는 글과 접함으로써 삶의 용기와 희망을 갖게 하고 지식과 정보 축척의 길잡이가 될 수 있기를 희망하는 뜻에서 출발했습니다.

그동안 혼자 읽지 않고 주변 사람들에게 퍼 나르면서 글 나눔의 수고를 아끼지 않으셨던 메신저들이 있었기에 1분 경영노트의 존재 가치는 더욱 높아졌습니다. 독자들의 이런 수고와 격려에 힘입어 《상자 밖에서 생각하라》는 표제의 책이 도서출판 이른아침을 통해 세상의 문을 열고 마침내 존재감을 드러냈습니다.

앞으로도 독자들에게 더 많은 감동과 울림을 선물하고, 글 읽는 즐거움을 안겨드리기 위해 절차탁마切磋琢磨를 게을리하지 않겠습니다. 독자들의 생각의 근육을 키우는 데 1분 경영노트가 '망망대해에서 거대한 함선을 안전하게 운항하는 유능한 항해사'와 같은 역할을 하겠습니다. 그동안 과분한 사랑과 열정으로 성원해주신 독자 여러분들께 진심으로 머리 숙여 감사드립니다.

2012년 11월

1분 경영노트 대표 김정원

차 례

저자의 글 004

첫째 마당 | 프로는 연습이다　011

상자 밖에서 생각하라　●　물길을 거슬러 올라가라　●　창의적인 생각이 돈을 번다　●

고정관념의 틀을 깨라　●　모든 배움은 실패에서 얻어진다　●

강연은 책을 요리하는 것과 같다　●　미래 인재는 이종 산업 간 융·복합형 인재다　●

페이스북의 모토　●　담장에 오르고 나서 사다리를 버려라　●

록의 비트가 늙은 세포를 깨운다　●　거꾸로와 쓸모없음　●

탁월함은 반복과 습관에서 온다　●　프로는 연습이다　●　책과 여행, 그리고 사람　●

한비자, 손자병법, 논어, 성경　●　생각의 근육을 키워라　●

배움은 물살을 거슬러 노를 젓는 것이다　●　읽기를 멈추면 정신이 허물어진다　●

타임머신을 타고 과거로 가라!　●　책 읽기, 삶의 가능성을 높여준다　●

책은 사람의 가슴에 던지는 묵직한 돌　●　절차탁마切磋琢磨　●

골프 샷은 마음의 영역　●　신문은 지식창고　●　신문은 살아 있는 논리 교과서　●

세상에서 가장 강한 사람　●　시는 삶을 고귀하게 만든다　●

공부는 내 인생에 대한 예의　●　공부는 숨을 쉬는 것과 같다　●

공부란 더 멀리, 더 넓게 생각하는 것　●　남과 같아서는 최고가 될 수 없다　●

낭중지추囊中之錐　●　고전을 읽으면 내공을 얻는다　●　1만 권의 책을 읽고　●

관 뚜껑을 닫는 순간까지　●　바람개비는 바람이 불지 않으면 돌지 않는다　●

베이스는 가늘고 길게 장수할 수 있는 음역　●　불광불급不狂不及　●

손으로 쓰는 것이야말로 영원하다　●　꿈을 기록하고 이미지로 만들라　●

한류, 유럽을 정복하다　●　인생의 플러그가 뽑히기 전에 질러라　●

위대한 교사는 꿈을 심어준다

둘째 마당 | 앞문이 닫혀 있다면 뒷문을 열어라   055

밑바닥으로 내려가라 ● 시도하지 않으면 성공은 없다 ● 모멘텀 이펙트 ●
필름 시대가 끝난 사실, 코닥만 몰랐다 ● 타성의 함정에서 벗어나라 ●
지금은 공유共有 혁명의 시대 ● 제때 결정하지 못해 실패한다 ●
관성의 족쇄를 깨라 ● 고통을 겪으면 위대해진다 ●
남자의 힘은 삶의 의지에서 나온다 ● 거절은 새로운 기회 ● 1퍼센트의 힘 ●
위대한 기업을 건설하는 비결 ● 이길 싸움만 한다 ● 우리의 상관은 단 하나, 고객 ●
오직 고객의 목소리만 들어라 ● 소비자의 비밀을 제대로 읽어라 ●
명품은 감정이 느껴져야 한다 ● 리스크 관리론 ● 루이뷔통에는 세 가지가 없다 ●
란체스터Lanchester 전략 ● 디테일이 성패를 좌우한다 ●
구성원들과 끊임없이 소통하라 ● 기업은 자전거와 같다 ●
기업의 몰락은 자만에서 시작된다 ● 명품의 최고 홍보는 입소문 ●
돈을 쓰는 것도 예술이다 ● 변화에 강한 사람만이 살아남는다 ●
앞문이 닫혀 있다면 뒷문을 열라 ● 운칠기삼 ● 위대한 승리의 비결 ●
일구이무一球二無 ● 젊은이여 위험을 감수하라 ● 오늘을 다짐하라 ●
항상 만족하지 말고 도전하라 ● 오늘이 마지막 날이라면 ● 누적적 이득 ●
몰입이 성공의 비결 ● 될 때까지 한다 ● 당신을 계속 성장시켜라 ●
무엇을 하든 1,000번을 노력하라 ● 빠른 전환 능력을 키워라 ●
크리티컬 매스critical mass ● 실수하는 것이 더 좋을 수도 있다 ●
열정과 긍정이 나를 만들었다 ● 열정을 경영하라 ● 자신만의 정원에 피는 나무 ●
방 벽에 꿈을 붙여 놓으라 ● 허실전략虛實戰略 ● 사안의 반면反面을 읽어라 ●
드러커의 법칙 ● 기회는 잡는 것이다 ● 기술보다 의지가 더 중요하다 ●
계란 프라이와 병아리 ● 부레 없는 상어의 생존법 ● 어느 사진작가의 교훈 ●
선무당이 사람 잡는다 ● 음악의 쾌감은 음의 변화에서 나온다 ●
위기는 늘 재발한다 ● 싸울 때는 철저히 계산하라! ● 습관이라는 괴물

셋째 마당 | 훌륭한 리더는 자기 자신부터 가꾼다   117

지도자의 처신 ● 직원 행복 경영을 하라 ● 직원 감동이 유토피아 경영 ●
P-S-P(People-Service-Profit) ● 인센티브는 인간의 위대한 발명품 ●

신뢰관계는 누구도 모방하지 못한다 ● 소통으로 기업 철학을 공유하라 ●
훌륭한 리더는 자기 자신부터 가꾼다 ● 세상은 넓고 다양하며 평평하다 ●
기업 경영의 핵심은 진실성 ● 학습하는 리더가 되라 ●
부드러운 리더십이 연임의 비결 ● 바람과 물결은 항해사에 달렸다 ●
리더는 사람에게서 희망을 읽는다 ● 없던 길을 만드는 사람 ● 선점 전략 ●
이청득심以聽得心 ● 자기 자신과의 약속이 가장 무섭다 ●
자기 주도적으로 인생을 운전하라 ● 큰 인물 ●
공직자는 얼어 죽어도 곁불을 쬐지 않는다

넷째 마당 | 좋은 사람과 만나라   139

인연은 모든 것의 시작이다 ● 좋은 사람과 만나라 ● 공격하지 말고 위로하라 ●
행운을 부르는 인맥 관리 ● 협력은 상생 ● 나를 위해 용서하라 ●
권력과 인기는 왕관과 같다 ● 사람 문제에 시간의 50퍼센트를 써라 ●
모든 것은 소통에서 출발한다 ● 백락의 천리마 ● 좋은 인간관계는 난로 다루듯 하라 ●
차는 '인생의 간'을 맞추는 것이다 ● 천사와 천적 ● 사람의 덕은 만년까지 간다 ●
모성은 검은색이다 ● 자식에게 강한 엄마 ● 사랑이란 빵처럼 새로 구워져야 한다 ●
아름다운 이별 ● 살아보니, 대단한 남자는 없더라! ● 부부란 조금씩 닮아가는 것 ●
마술은 공감의 예술 ● 아첨과 아부의 해로움 ● 이순신 장군과 을乙의 자세 ●
원망과 미움은 굽은 칼날과 같다 ● 상사나 아내와 싸우지 말라 ● 불과 물, 그리고 말 ●
안개가 짙은들 ● 다모클레스의 칼 ● 가장 흠모하지만 가장 두려운 존재

다섯째 마당 | 척박한 땅에 핀 꽃의 향기가 더 짙다   169

마법의 순간은 준비된 자의 몫 ● 웃음은 건강의 보배 ● 겸손은 암도 물리친다 ●
돈으로는 ● 돈을 잘 쓰는 사람 ● 부자로 죽는 건 부끄러운 일 ● 부판蝜蝂의 욕심 ●
상즉인商卽人 ● 연약한 뿌리가 바위를 뚫는다 ● 세상엔 재미와 모험이 가득하다 ●
소리꾼 이전에 사람이 되라 ● 나를 위해 노래하리라 ● 크게 생각하고 크게 행동하라 ●
타이밍을 알면 운은 저절로 온다 ● 마음 하나면 충분하다 ● 3단계 성공 공식 ●
성공은 99퍼센트의 실패로 만들어진다 ● 성공의 키워드 ●

성공하려면 계속 실패하라 ● 절망의 이빨에 심장을 물어 뜯겨본 자만이 ●
꿈은 달아나지 않는다 ● 꿈을 적으면 실현된다 ● 현재에 충실해야 ●
청년이여, 가슴에 고래를 키워라! ● 희망은 만들어가는 것 ● 희망이란 ●
척박한 땅에 핀 꽃의 향기가 더 짙다 ● 희망과 행복의 차이 ● 혼신을 다하면 ●
한 눈으로 쓴 레슬링 희망가 ● 소년원에서 희망을 노래하다 ●
모든 출발은 아주 작은 것이었다 ● 명상은 마음의 샤워 ● 긍정은 힘이 세다 ●
지금이 바로 미래

여섯째 마당 | 먼저 핀 꽃이 일찍 진다   205

흔들리며 피는 꽃 ● 돈도 명예도 필요 없다는 사람 ● 당신 자신이 보스다 ●
인간의 장애물은 작은 흙무더기 ● 인생은 강물 같다 ●
인생은 결국 살아남은 자의 것이다 ● 인생은 얼음 위에서 자전거를 타는 것 ●
인생의 길은 외가닥 ● 인생이라는 완행열차 ● 인생이란 아슬아슬한 줄타기 ●
자신만의 뇌관을 찾아라! ● 자신의 강점을 제대로 활용하라 ● 자신에게 더 엄격하라 ●
장미란과 무쇠 씨의 아름다운 이별 ● 장점을 더욱 발전시켜라 ●
행복은 삶을 자각할 때 온다 ● 사진은 보이지 않는 것까지 생각하게 한다 ●
먼저 핀 꽃이 일찍 진다 ● 뒷모습에도 표정이 있다 ● 술은 반쯤만 취하는 것이 좋다 ●
장수는 건강할 때에만 축복이다 ● 세월무상 ● 세월 ● 불꽃처럼 스러지는 찰나의 인생 ●
부싯돌 불꽃 같은 인생 ● 노인 한 명은 도서관 하나 ● 시간을 움켜쥐어라 ●
상수여수上壽如水 ● 장수하려면 국화처럼 ● 인간은 저물 무렵에 가장 지혜롭다 ●
인생에 정답은 없다 ● 앉은자리가 꽃자리니라 ● 은감불원殷鑑不遠 ●
의족은 내 몸의 한 부분 ● 중대 결단을 할 때의 세 가지 원칙 ●
가치 있는 인생 살기 ● 사소한 일에도 특별한 가치를 부여하라 ●
겸손하지 않고 지르는 것이 매력 ● 최고의 하루 ● 지구 온난화에 대한 경고 ●
자부심을 갖되 경솔하지 않기 ● 우직지계迂直之計의 이치 ●
소중함은 오히려 잊고 산다 ● 소인은 작은 이익을 탐한다 ● 빠름, 빠름, 빠름 ●
불공평한 세상으로부터 맷집을 키워라 ● 늦더라도 좋은 방향으로 정확하게 가라 ●
냉철함으로 무장하라 ● 실천이 성불이다

프 로 는
연 습 이 다

상자 밖에서 생각하라

처음부터 엄청난 실험을 계획하지 마라.

작은 실험부터 해라.

실패할 수 있다.

여기서 중요한 것은 속도다.

직원들이 빨리 실패할 수 있게 하라.

진짜 두려운 것은,

한 프로젝트에 10년을 매달린 뒤 시장에 내놓는 경우다.

– 구글 랩스 팀(Google Labs Team)

구글 아이디어의 인큐베이터인 랩스팀의 혁신 비결입니다.

혁신이란 하나의 큰 발명이 아닌

수천 수백 가지의 작은 발명들이며,

절대 실수하지 말라고 한다면

절대 새로운 시도가 없다는 것입니다.

혁신은 다양성과 새로운 생각, 엉뚱한 조합에서 시작됩니다.

물길을 거슬러 올라가라

살아 있는 물고기는 거슬러 올라가고
죽은 물고기는 물길을 따라 흘러간다.

― 전재희(전 보건복지부 장관)

우리는 매일 물살을 거슬러 노를 젓는 것과 같은 인생을 삽니다.
노 젓기를 중단하는 순간 물살에 떠밀려
마치 죽은 물고기와 같은 신세가 되고 맙니다.

창의적인 생각이 돈을 번다

창의적으로 생각하고,

선택한 뒤 때를 기다리는 것,

이것이 돈 버는 방법이다.

– 워런 버핏(Warren Buffett, 버크셔 헤서웨이 회장)

20세기 가장 성공한 투자자 '오마하의 현인' 워런 버핏은

투자 성공론으로 과학적 분석을 할 줄 알고,

제 색깔을 가져야 하며,

여론에 휘둘리지 않고 자신의 길을 가야 한다고 했습니다.

그는 자신을 부자로 만든 건 사회(미국)이기 때문에

수익 중 1.2퍼센트만 가족이 갖고

나머지는 모두 사회에 기부합니다.

버핏의 나눔 철학은 놀랄 정도로 투철합니다.

김정원의 1분 경영노트

고정관념의 틀을 깨라

절대적인 진리란 없다.

정형화된 틀에 사로잡혀 그 틀을 깨지 못한다면

창의적인 일은 기대하기 어렵다.

모든 원리원칙이란 결국 변한다.

그 원리원칙을 맹목적으로 추종하지 말라.

– 박정수(『오늘을 사는 지혜』의 저자)

이 세상에 변하지 않는 것은 없습니다.

날개 없는 선풍기가 등장할 것이라고 누가 상상이나 했겠습니까?

제임스 다이슨James Dyson이 먼지봉투 없는 청소기를 만들 것이라고

누가 상상이나 했겠습니까?

모든 것은 변하기 마련입니다.

이 세상에 변하지 않는 것은 아무 것도 없습니다.

프로는 연습이다

모든 배움은 실패에서 얻어진다

규칙만 읽고서 축구를 배울 수 없고,
악보만 보고서 피아노를 배울 수 없으며,
요리책만 독파해서는 맛있는 요리를 만들 수 없다.
– 티나 실리그(Tina Seelig, 『스무 살에 알았더라면 좋았을 것들』의 저자)

축구를 배우든 피아노를 배우든 맛있는 요리를 배우든,
모든 배움은 실패를 통해 이뤄집니다.
조직에서 가장 쓸모없는 사람은,
이것도 저것도, 아무것도 하지 않으려는 사람입니다.

강연은 책을 요리하는 것과 같다

강연이라는 것은 책 300쪽을
한 시간 분량으로 먹기 좋게 요리해서
입안에 쏙 넣어주는 것과 같다.

– 김미경(더불유 – 인사이츠w-insights 대표)

충북 증평이 고향인 김미경 씨는
대학 전공(연세대 작곡과)을 살려 학원을 경영하다
뒤늦게 '아트 스피치'의 비법을 가르치면서 유명 강사가 됐습니다.
그의 구수한 충청도 사투리 한마디에
강연장은 일순간 웃음바다가 됩니다.
강의는 진정성을 담은 메시지를
악보처럼 강약과 높낮이로 표현하고,
여기에 몸짓언어가 자연스럽게 어우러져야 합니다.
그럴 때 청중은 환호하고 감동합니다.

미래 인재는 이종 산업 간 융·복합형 인재다

서로 다른 분야를 접목해서 완전히 새로운 것을 창조하는
이매지니어Imagineer(상상하는 엔지니어)가 미래의 인재다.

– 구자균(LS산전 부회장)

미래는 이종 산업간 융·복합을 통한 창의적 능력을 가진 사람을 필요로 합니다. 미래에는 융·복합형 인재, 글로벌 역량의 인재, 밝은 기운 바이러스 인재 등 세 가지 요소를 갖추어야 진정한 글로벌 인재라 할 수 있습니다.

페이스북의 모토

아이디어는 아무것도 아니다.
실행이 모든 것이다.
빨리 움직이고 혁신을 꾀하라.
실행하는 것은 완벽하게 하는 것보다 낫다.

– 이지별(페이스북 크리에이티브디렉터)

우리는 인생의 29퍼센트를 잠자는 시간에 할애합니다.
그러면 나머지 71퍼센트의 깨어 있는 시간에는
무엇을 해야 할까요?
아무리 아이디어가 좋아도
실행하지 않으면 아무 쓸모가 없듯이
일단 무엇인가를 실행하는 일이
완벽하게 하는 것보다 훨씬 낫습니다.

담장에 오르고 나서 사다리를 버려라

(사람들은) 바로 눈앞만을 보기 때문에 멀미를 느낀다.

몇 백 킬로미터 앞을 보라.

바다는 파도를 제거한 것처럼 평온하다.

나는 그런 장소에 서서 오늘을 지켜보며 사업을 하고 있기 때문에

전혀 걱정하지 않는다.

– 손정의(일본 소프트뱅크 회장)

손정의 회장이 자신의 저서 『손정의 – 21세기 경영 전략』에서 한 말입니다. 많은 사람들이 멀리 내다보기는커녕 조급증에 걸려 '담장(목표)'에 오르기도 전에 사다리부터 버립니다.

손 회장은 19세에 인생 50년 계획을 세웠고, 병원에 입원해 있는 1년 동안 1만 권의 책을 읽고서 살아갈 자신을 얻었다고 합니다.

록의 비트가 늙은 세포를 깨운다

노래와 음악 속에는 리듬과 비트가 있다.
그걸 느끼다 보면 몸에 순발력이 생기고,
세포들도 더 살아 숨 쉬는 것 같다.
내겐 비트가 한방韓方의 침과 같은 역할을 하고
내 몸의 늙은 세포까지 깨운다.

— 신중현(대한민국 록의 대부)

미국의 기타회사 펜더Fender로부터
아시아 최초로 기타를 헌정 받은
대한민국 록의 대부 신중현의 건강론입니다.
신중현은 〈빗속의 여인〉, 〈커피 한 잔〉, 〈미인〉 등
생명력이 긴 음악을 작곡했지만,
어릴 때는 집이 너무 가난해서 나무 상자에 철사를 박은 현악기를
만들어 연습을 해야 했습니다.
신중현의 철학은 '음악은 하나의 선율로 깊이를 만들어내는 입체적
인 예술이기 때문에, 음의 깊이를 통해 우주를 넘나드는 공간까지도
만들어낸다'는 것입니다.

거꾸로와 쓸모없음

나는 세상을 거꾸로 보았다.

거꾸로 생각했다.

거꾸로 살았다.

그리고 다 비틀었다.

– 이승택(한국의 대표적인 전위예술가)

거꾸로와 쓸모없음은 안티Anti와 반골정신입니다.

이는 주류와 타협하지 않고,

특정 그룹이나 집단에 안주하기보다는 파격을 좇고

새로운 것을 시험하는 것을 의미합니다.

즉, 기존 예술 형식에 대한 노골적인 부정과 역설,

통렬한 비판을 말합니다.

정석으로 가기보다는 기존의 상식을 거꾸로 뒤집고 비틀어야

창의력이 생기고 아이디어도 떠오릅니다.

탁월함은 반복과 습관에서 온다

악기 연습은 두뇌 개발에 도움이 된다.
그러나 악기에서 아름다운 선율이 나오기까지
얼마나 많은 노력을 기울여야 하는지 깨달아야 한다.
탁월함은 반복과 습관에서 온다.

– 래리 곽(림프종 암 백신 개발자)

래리 곽 미국 MD앤더슨 암센터 교수는
림프종 암癌 백신을 개발한 재미교포입니다.
그는 자식 교육에서도 성공했습니다.
4남매를 한국식으로 키운 그는
세 아들을 각각 텍사스, 브라운, 코넬대에 보냈습니다.
래리 곽은 자신이 직접 수학을 가르칠 정도로
자녀 교육에 열정적이었지만,
강압적인 방법은 동원하지 않았습니다.
그의 교육법은 아이가 열등감을 느끼지 않도록 끝까지 배려하는 것
입니다. 래리 곽은 아이의 재능이 보일 때까지 닦달하지 않았고, 자
녀와의 스킨십과 대화를 나누면서, '작은 걸음'으로 천천히 가는 지
극히 평범한 방법을 사용했습니다.

프로는 연습이다

프로는 연습이다

나는 프로다.

그러므로 나는 내 노래를 듣는 사람들을 감동시켜야 한다.

그러자면 연습밖에 없다.

– 나훈아(트로트 황제)

최근 나훈아 씨의 근황에 대해 궁금해하는 사람들이 많습니다.
각종 의혹에도 좀처럼 존재감을 드러내지 않고 있기 때문입니다.
그 사이 투병 중이라는 안타까운 소식이 들리기도 했습니다.
나훈아 씨는 천재적인 가수지만 공연에 앞서 프로답게 밴드의 악사
들이 녹초가 되도록 연습을 하는 것으로 유명합니다. 고객 감동을
위해 연습하고 또 연습하는 것이지요.
우리도 큰일이든 작은 일이든 준비하고 또 준비하고, 연습하고 또
연습하면, 나훈아 씨처럼 자신의 분야에서 프로가 됩니다.

책과 여행, 그리고 사람

사람은 세상을 살면서 세 가지를 만나야 한다.
그것은 책·여행·사람인데, 그중에서도 책이 으뜸이다.
책을 읽으면 전에 몰랐던 세계를 접하면서
호기심을 갖게 되고 질문도 하게 된다.
이 과정에서 전과 다른 생각을 하게 되고
이것이 새로운 아이디어가 되어 창의력으로 이어진다.

– 정운찬(전 국무총리)

문학은 인간의 마음을 알려주고,
역사는 인간이 걸어온 길과 걸어갈 길을 알려주며,
철학은 인간의 생각을 알려줍니다.
독서는 하면 좋은 게 아니라
반드시 해야만 하는 절박하면서도 현실적인 의무입니다.
인스턴트 식품인 인터넷보다는
유기농 음식인 책을 읽어야 합니다.

프로는 연습이다

한비자, 손자병법, 논어, 성경

사람을 읽으려면 『한비자韓非子』를,

사람을 이기려면 『손자병법孫子兵法』을,

사람을 다스리려면 『논어論語』를,

사람을 구하려면 『성경聖經』을 읽어라.

– 홍정욱(전 국회의원)

책 읽기는 가장 저렴한 비용으로

남의 삶과 생각을 읽는 행위입니다.

책 읽기는 생각이 바뀌고

사고력의 그물이 머릿속에 촘촘히 박혀

마음과 행동의 변화를 가져옵니다.

덤으로 긍정적인 에너지까지 얻는 통로이기도 합니다.

생각의 근육을 키워라

책을 많이 읽어라.

그게 지반공사地盤工事다.

뿌리의 힘, '생각의 근육'을 키우려면

책을 천천히 보지 않으면 안 된다.

좋은 책이나 명강의에 자신을 많이 노출하다 보면

깨달음을 얻을 수 있다.

― 한비야(세계시민학교 교장)

힘든 오르막을 오를 때 비로소 다리가 튼튼해지고 폐활량이 커지고
근육량도 늘어납니다.
우리는 119차례나 오디션에 낙방한
배우 장혁의 포기하지 않는 불굴의 의지를 배워야 합니다.
생각의 근육을 키우세요.
그리고 가슴 뛰는 일을 하십시오.

프로는 연습이다

배움은 물살을 거슬러 노를 젓는 것이다

배운다는 것은 물살을 거슬러 노를 젓는 것과 같다.
중지하면 뒤로 밀려난다.

– 벤저민 브리톤(Benjamin Britten, 영국의 극작가)

물은 웅덩이를 채우고 나서야 넘쳐 흐릅니다.
팽이는 채를 쳐야 꾸준히 돌듯이
자신의 그릇을 키우기 위해 '학습의 팽이'를 계속 채로 치십시오.
학습을 중단하고 자만하는 순간 내리막길이 시작됩니다.

읽기를 멈추면 정신이 허물어진다

읽기는 사색의 기본이다.

신문이나 잡지 같은 매체는 현실의 반영이다.

매일 물을 마시고 밥을 먹지 않으면 육체가 상하듯,

읽기를 멈추면 정신이 허물어진다.

– 고도원(고도원의 아침편지 대표)

신문이나 책 읽기는 우리의 정신을 온전하게 살찌우는 비타민이자 유기농 음식입니다. 신문이나 책 읽기는 내면의 아름다움을 주는 것은 물론 넉넉한 지혜까지 안겨줍니다.

책 읽기는 자신의 삶의 가능성을 최대한 높게 이끌어주는 유일무이한 방법입니다.

혁신의 아이콘이자 제2의 에디슨으로까지 불렸던 애플 창업자 스티브 잡스 역시 인문 고전의 마니아였습니다.

프로는 연습이다

타임머신을 타고 과거로 가라!

책은 가장 저렴한 레저다.
타임머신처럼 과거와 미래에 다녀올 수 있고
순간 이동을 하듯 전 세계에 갈 수도 있다.

– 박범신(소설가)

'1만원의 행복'이 바로 책 읽기입니다.
삭풍朔風이 부는 날,
따뜻한 아랫목에서의 책 읽기에서 부자가 된 것 이상으로
어느 것과도 바꿀 수 없는 뿌듯함과 행복감을 안겨줍니다.

책 읽기, 삶의 가능성을 높여준다

편도 차편을 끊어서 떠나는 여행자는
여행이 끝나면 다시는 인생이란 마차를 탈 수 없다.
그러나 책 읽기는
자기 삶의 가능성을 최대한으로 만들어주는 유일무이한 방법이자
언제든지 처음으로 되돌아가 다시 읽을 수 있다.

— 구본준(『서른 살 직장인 책 읽기를 배우다』의 저자)

책 읽기는 현실을 긍정하면서 긍정적인 에너지를 얻을 수 있는 유일한 무기이자 의지할 방패입니다. 책 읽기는 다른 사람의 인생을 사는 경제적 행위입니다.

책은 사람의 가슴에 던지는 묵직한 돌

책은 이 세상 모든 미디어 중에서
사람의 가슴에 던지는 가장 크고 묵직한 돌이다.
저자의 인생이 내 몸에 부딪치는 것이다.
그런 돌을 가슴에 계속 던져보라.
그리고 어떤 파문이 이는지 조용히 따라가 보라.
– 나영석(KBS PD)

책 속에는 인류가 수천 년을 두고 쌓아온 사색, 체험, 연구, 관찰의 기록이 담겨 있습니다. 바닷가 모래밭에서 조개를 줍듯이 책 속에서 '산삼의 지혜'를 찾아내십시오.

절차탁마 切磋琢磨

명곡은 거저 만들어지지 않습니다.
비틀즈는 한 곡의 음악을 만들기까지 노래를 녹음하며
셀 수 없을 정도로 수정합니다.
스티브 잡스도 아이폰을 세상에 내놓기 전까지
수없이 시제품을 만들고 폐기했습니다.
잡스는 생전의 회의 시간에 비틀즈의 음악 제작 과정,
그 '산고産苦'의 과정을 설명하고,
제품 개발에 이를 접목한 결과
세계 최고의 아이폰을 개발했습니다.

골프 샷은 마음의 영역

스윙이 반복으로 완성되는 육체의 영역이라면
샷은 마음의 영역, 즉 집중과 몰입의 영역이고 명상의 영역이다.

– 김헌(『골프 비빔밥』의 저자)

빈 스윙 1만 번이면 100타를 깨는 스윙이 되고,
빈 스윙 3만 번이면 보기플레이,
10만 번이면 싱글의 스윙이 만들어집니다.
빈 스윙의 반복으로 이를 몸에 새기는 것이
싱글로 가는 지름길입니다.
탁월함은 반복과 습관에서 나옵니다.

신문은 지식창고

신문은 인류가 만들어내는 수만 가지 일 중
그 엑기스만을 쏙 뽑아 담아 놓은 커다란 지식창고다.

— 김용택(시인)

신문은 지식과 지혜의 보물창고입니다.
신문은 가장 저렴한 비용으로
가장 많은 정보를 얻을 수 있는 유일한 매체입니다.
신문 칼럼 하나에 인생이 바뀌고,
기사 한 줄이
당신 인생의 새로운 전환점turning point이 될 수 있습니다.

신문은 살아 있는 논리 교과서

신문에는 시대정신이 있고,

시대가 앓는 문제가 있다.

신문은 살아 있는 논리와 개념을 익히는 중요한 자료다.

— 이주향(수원대학교 교수)

신문은 살아 있는 논리 교과서입니다.

신문은 인터넷보다 훨씬 정제돼 있고 TV보다 훨씬 개념적입니다.

정보 매체인 신문은 읽는 데 머무르지 않고 생각을 하게 만들며,

이는 자연스럽게 창의력으로 연결될 수 있습니다.

오감을 동원해 신문을 읽고 생각하고 느끼면

더욱 훌륭한 교과서가 됩니다.

세상에서 가장 강한 사람

이 세상에서 가장 강한 사람은

많이 읽고,

많이 쓰고,

많이 생각하는 사람이다.

– 김형태(한남대 총장)

2011학년부터 모든 대학생들에게

신문 읽기 프로젝트를 추진하고 있는

김형태 총장은 신문 예찬론자입니다.

그의 하루 일과는 신문 읽기로 시작해 신문 읽기로 끝납니다.

세상의 모든 진리가 신문에 담겨 있기 때문입니다.

세상과 소통하기 위해 신문보다 더 좋은 매체는 없습니다.

시는 삶을 고귀하게 만든다

시詩는 쓸모없음 때문에 읽는다.

시를 읽는 즐거움은 오로지 무용하다는 것에서 비롯된다.

하루 중 얼마간을 그런 시간으로 할애하면 내 인생은 약간 고귀해진다.

– 김연수(소설가)

시란 정情을 뿌리로 하고 말을 싹으로 하며,

소리를 꽃으로 하고 의미를 열매로 하는 언어입니다.

시는 악마의 술이자 신의 말이며

영혼의 음악이기도 합니다.

가장 위대한 시는 생각의 잎이 넓어지고

삶의 열매가 맺히기 시작할 때

기쁨으로 부르는 노래입니다.

김정원의 1분 경영노트

공부는 내 인생에 대한 예의

공부는 이 세상의 수많은 비밀, 수많은 지혜를
아주 짧은 시간에 섭렵할 수 있는
가장 유용하고 확실한 방법이다.

— 이형진(예일대 학생)

미국 동부의 명문 아이비리그 8개 대학에 동시 합격한 이형진 씨는 공부를 왜 해야 하는지, 그 해답을 명쾌하게 제시했습니다. 공부는 세상의 많은 지혜와 기회들을 탐험하며 기회와 꿈을 찾아가는 과정이자 자신의 삶을 풍성하게 만들어가는 과정입니다.

공부는 숨을 쉬는 것과 같다

공부는 숨을 쉬는 것과 같다.

숨은 한꺼번에 쉬거나 멈추는 게 아닌 것처럼

공부도 마찬가지다.

공부의 길로 들어섰다면 삶의 일부로 받아들여야 한다.

−김미경(서울대 의대 교수)

김미경 서울대 의대 교수.

'공부의 신神'인 그는 책벌레처럼 숨을 쉬듯이 공부를 하고 있지만,

학문의 깊이에서는 스스로 아직도 멀었다고 말합니다.

결혼식 때를 제외하곤 화장을 해본 적이 없다는 김 교수는

'사랑도 학문도 융합해야 성공한다'면서

학제 간의 융합을 강조합니다.

공부란 더 멀리, 더 넓게 생각하는 것

공부란 책상 앞에 앉아서 텍스트를 읽고
밑줄을 그어 암기하는 것이 아니다.
책상 위에 올라서서,
더 멀리, 더 넓게 생각하는 것이 진정한 공부다.

– 신영복(성공회대 석좌교수)

공부는 하면 좋은 것이 아니라,
반드시 해야만 하는 절박하면서도 현실적인 의무입니다.
우리가 공부를 하는 이유는
세상의 비밀과 지혜를 익혀
멋지고 재미있고 여유 있게 살기 위함입니다.

프로는 연습이다

남과 같아서는 최고가 될 수 없다

우리 사회는 어느 분야든 과포화 상태다.
까만 점이 촘촘히 박힌 상태에서
조금 큰 까만 점을 찍었더라도
별 의미는 없다.
까만 바탕에서 흰 점으로 확 도드라져야 한다.

— 이영석(총각네 야채가게 대표)

이영석 사장은 어느 분야에서든 차별화된 자신만의 브랜드,
온리 원only one을 만들 것을 주문합니다.
최초이든, 최고이든, 최대이든
자신만의 길을 개척하라는 것입니다.
그야말로 하얀 종이 위에 까만 점이 '확' 박힐 수 있도록
도드라져야 합니다.
남과 같아서는 최고가 될 수 없습니다.

낭중지추 囊中之錐

날 선 송곳은 드러내지 않아도 드러난다.
다만 어떤 주머니에 들어가느냐가 중요하다.
자기에게 맞는 주머니를 골라야 한다.
작고 어두운 주머니 속에서도
송곳은 얼마든지 존재감을 발한다.

— 주철환(JTBC 대PD)

가난과 척박한 환경은 걸림돌이 될 수 있어도
성공으로 가는 길에는 아무런 장애가 되지 않습니다.
15세에 청계천에서 구리 박스를 날랐던 영화감독 김기덕은
빈곤과 가난이 황금사자상을 받는 데 자양분이 됐습니다.
낭중지추처럼 척박한 환경에서도
자신의 존재감을 드러낼 수 있는 것은
삶에 대한 의지가 그만큼 강하기 때문입니다.

고전을 읽으면 내공을 얻는다

고전古典을 열심히 읽으며 치열하게 고민한다면
두뇌의 단순한 공회전이 아닌 내공의 깊이를 얻게 된다.

– 하지현(건국대 교수)

한 치 앞을 내다볼 수 없는 인생항로人生航路를 바르게 인도할 수 있는 힘은 고전 읽기에서 시작됩니다.

고전 읽기는 우리 두뇌에 인삼보다 효능이 훨씬 강한 산삼으로 원기를 보충하는 것이나 다름없습니다.

1만 권의 책을 읽고

1년 동안 병원에 입원해 있으면서
1만 권의 책을 읽었다.
그때 평생 살아갈 자신을 얻었다.
성공하고자 한다면, 하루에 한 페이지 이상 책을 읽고
언제 어디서든 책을 읽어라.
그러면 당신의 경쟁력이 달라질 것이다.

– 손정의(일본 소프트뱅크 회장)

책 읽기는 유일무이한 무기이자 의지할 방패입니다.
책 읽기는 하면 좋은 것이 아니라, 자신을 차별화하고 리더 영역에
들어가기 위해 반드시 실행해야만 하는 생존전략입니다.
책을 읽지 않으면 남에게 부려지는 일만 하게 됩니다.

프로는 연습이다

관 뚜껑을 닫는 순간까지

다 안다고 생각한 순간부터 배우는 것이 진짜 중요하다.
관棺 뚜껑을 닫는 순간까지 배우길 멈추지 말라.
— 스티븐 마일스(Stephen Miles, 리더십 컨설턴트)

좋은 리더의 특징은 늘 배우려는 자세를 갖고 있다는 것입니다.
좋은 리더는 자신의 약점이 무엇인지도 정확히 알며
잘못된 습관은 즉시 고칩니다.
날마다 새롭지 않으면 고인 물처럼 썩기 마련입니다.

바람개비는 바람이 불지 않으면 돌지 않는다

늘 현실에 안주하는 것이 싫었고,

일을 찾아 도전하는 삶을 살았다.

바람이 불지 않아 바람개비가 돌지 않으면

바람을 일으키려고 뛰어다녔다.

거센 바람은 역경이 아니었다.

바람이 강할수록 거친 바람을 이용해 바람개비를 더욱 힘차게 돌렸다.

시골 소녀가 돌리던 작은 바람개비는

점점 거대한 풍차로 변해 오늘의 가천길재단 에너지가 됐다.

다시 태어난다면,

여의사의 모성으로 이 세상을 마음껏 껴안아주고 싶다.

– 이길녀(가천길재단 이사장)

이길녀 이사장은 자신의 삶을

가파른 산을 계속 오르는 과정으로 표현했습니다.

이길녀 이사장은 잠시도 방심하거나 멈칫거릴 수도 없었고,

운명처럼 계속 '가천의 산'을 올라 자신의 운명을 개척했습니다.

프로는 연습이다

베이스는 가늘고 길게 장수할 수 있는 음역

화려하게 피어났다가 일찍 지는 다른 성악가와 달리
베이스는 가늘고 길게 장수할 수 있는 음역音域이다.
체력과 목 관리를 소홀히 하지 않는다면,
70대 후반까지도 노래를 할 수 있다.
– 연광철(서울대 음대 교수)

연광철은 공고와 지방대(청주대)를 나와 단돈 700달러를 들고 유학을 떠났습니다. 그는 지방대 출신이라는 한계를 극복하고
엄청난 노력으로 전 세계 오페라 무대에서 총망 받는 성악가로 성장했습니다.
장신의 거구에서 나오는 압도적인 성량의 유럽 성악가들로부터 "동양의 키 작은 루저loser는 떠나가라"는 비난을 받았지만, 연광철은 동양인 특유의 밝고 따뜻한 소리의 인간적인 감동으로 관객들을 사로잡았습니다.
그에게는 베를린의 극장과 바이로이트 페스티벌이 철저하게 현장이자 학교였습니다.

불광불급不狂不及

세상에서 가장 비참한 것은
원 오브 뎀One of them(비슷한 여러 사람 중 하나)이 되는 것이다.
나만의 무언가를 가져야 한다.
특정한 것에 미쳐서 남들과 다른 걸 품어야 한다.

– 조웅래(선양소주 사장)

불광불급不狂不及이란 말은 미쳐야 미친다는 말입니다.
즉, 무엇인가에 몰두하면 비로소 목표에 도달한다는 뜻입니다.
토종 뮤지컬 〈난타〉를 제작한 송승환 씨,
〈강남 스타일〉로 빌보드차트 2위에 오른 가수 싸이 등은
자신의 일에 '미쳐 있는 사람'들입니다.
이들은 모두 평범함을 거부한 사람들입니다.
실패하면 어떻습니까.
그래도 남는 것은 있습니다.

손으로 쓰는 것이야말로 영원하다

아이패드를 터치하며 자란 세대들이
어른이 되면 쓰기 자체는 줄어들 것이다.
그러나 쓰고, 그리고 색칠함으로써 창조적인 생산을 이루어내는 건
오히려 비중이 커진다.

– 파버 – 카스텔(Anton Wolfgang von Faber-Castell, 필기구 업체 파버–카스텔 회장)

연필은 창조적인 생산을 위한 필기도구입니다.
아이가 가장 먼저 손으로 잡고
그림을 그리기 시작하는 것이 연필입니다.
연필은 가장 경제적이고 친환경적이며
무중력 상태에서 지속적으로 쓸 수 있는 유일한 필기도구입니다.
21세기 인류가 손으로 쓰는 활동에서 멀어지고 있지만
레고처럼 손을 활용하는 것이 가장 창의적이고 오래 남습니다.

꿈을 기록하고 이미지로 만들라

기록하지 않은 꿈, 이미지 없는 꿈은 몽상에 그친다.
꿈(미래)을 기록하고 이미지로 만들어라.
그리고 과감히 도전하라.
상상하지 않는 것이 어느 날 이뤄지는 법은 없다.

– 김범수(카카오 이사회 의장)

꿈은 가슴에만 품고 있으면 몽상에 그칩니다.
그 꿈을 기록하고 이미지로 표현해내야 이루어집니다.
그러면 성공할 가능성도 훨씬 높아집니다.

한류, 유럽을 정복하다

칭기즈칸도 프랑스에는 가지 못했다.
그러나 한류韓流는 간다.
(반드시) 정복할 것이다.
우리는 칭기즈칸도 하지 못한 역사적 일을 하고 있다.

– 이수만(SM엔터테인먼트 회장)

K팝이 마침내 팝의 본고장인 유럽 정복에 나섰습니다.
소녀시대, 샤이니 등의 성공적인 프랑스 공연은
10년을 준비한 끝에 이뤄졌습니다.
프랑스에서의 K팝 신드롬은 거저 이뤄진 것이 아닙니다.
아이돌 가수들의 다이내믹한 춤과 노래 실력,
그리고 빼어난 비주얼은
유럽의 문화 강국들이 인정할 만큼
혹독한 연습이 있었기에 가능했습니다.

인생의 플러그가 뽑히기 전에 질러라

사고 전에는 갑자기 내 인생에 플러그가 뽑힐 줄 몰랐다.
남들이 안하는 것(연구)을 하고 착하게 사니까
하늘과 내가 합의를 한 줄 알았다.
그런데 어느 날 갑자기 인생의 무대에서 내려오라는 지시를 받으니까
어이가 없더라.
끝까지 갈 거라 생각하지만 보장되는 건 아무것도 없다.
있을 때 질러라.

– 이상묵(서울대 교수, 전신마비 장애인 과학자)

인생의 배터리가 방전되기 전에, 충전하십시오!
인생의 플러그가 뿌리까지 뽑히기 전에, 지르십시오!
지르지 않으면 아무것도 이룰 수 없습니다.
지르지 않으면 실패도 성공도, 기회조차도 얻을 수 없습니다.

프로는 연습이다

위대한 교사는 꿈을 심어준다

좋은 교사는 잘 가르친다.

훌륭한 교사는 스스로 해 보인다.

위대한 교사는 가슴에 불을 지핀다.

– 알프레드 N. 화이트(Alfred N. Whitehead, 영국의 수학자·철학자)

좋은 교사는 학생들을 올바른 길로 이끌고,

훌륭한 교사는 가슴 벅차게 하는 비전을 스스로 실천해 보이며,

위대한 교사는 학생들의 가슴에 꿈을 심어줍니다.

앞문이 닫혀 있다면 뒷문을 열어라

밑바닥으로 내려가라

잘 나가던 사람도, 잘 나가던 기업도 한 방에 끝날 수 있다.
시장 밑바닥으로 다시 내려가라.

    – 클레이튼 크리스텐슨(Clayton M. Christensen, 하버드대 대학원 교수)

모두가 어렵다고 합니다.
부자들도 지갑을 열지 않고 있습니다.
위기 상황에서는 기존의 아이디어나 기존의 생각으로
지금의 어려움을 극복하기가 더욱 어렵습니다.
새로운 기회는 밑바닥으로 내려가는 것에서 시작됩니다.

시도하지 않으면 성공은 없다

실패는 용서할 수 있지만,
시도조차 하지 않는 것은 용서할 수 없다.
– 와타나베 겐이치(渡部賢一, 노무라홀딩스 CEO)

실패는 실패 그 자체로 끝나는 것이 아닙니다.
실패는 성공으로 가는 중요한 여정입니다.
실패라는 뼈저린 아픔을 겪어본 사람만이
진정한 성공을 거둘 수 있기 때문입니다.

모멘텀 이펙트

스스로 물살을 만들어서 올라 타라.
그러면 멀리까지 갈 수 있고,
경쟁자들은 그 물살의 끝에서 허우적거릴 뿐이다.
– 장 클로드 라레슈(Jean Claude Larreche, 인시아드 석좌교수)

'모멘텀 이펙트momentum effect'는
기업이 스스로 물살을 만드는 것을 말합니다.
적은 것으로 더 많이 이루는 모멘텀은
눈덩이처럼 저절로 굴러가면서 커지는 힘으로
기업이 스스로 에너지를 축적해
성장의 가속 효과를 만들어냅니다.
모멘텀 이펙트는 고객들이 사지 않고서는 못 견디게 만드는
위력입니다.

필름 시대가 끝난 사실, 코닥만 몰랐다

대중 카메라를 처음 만들어낸 아날로그 필름의 대명사 코닥.
디카를 최초로 만들고도 시장 요구를 외면하다
한순간에 무너진 122년 역사의 코닥은,
시장의 패러다임 변화에 대응하지 못해
세계 정상의 자리에서 급격한 추락을 경험하며
한물간 기업이 됐다.
코닥 이사회는 2003년에야 필름 산업이
역사 속으로 사라지는 내리막길에 있다는 판단을 내렸다.

– 《조선일보》

코닥은 1975년 세계 최초로 디지털 카메라를 개발해 놓고도 필름 시장의 잠식을 우려해 디지털 카메라 개발과 마케팅에 적극 나서지 않는 우를 범하고 말았습니다. 코닥의 임직원들은 필름 매출 감소에도 화려한 과거의 성공 환상에 발목이 잡혀 시장의 요구에 귀를 닫고 기존 틀에 안주하게 됩니다.

코닥의 실패에서 보듯이 사람이든 기업이든 과거의 성공은 미래를 보장하지 못합니다. 끊임없는 변화의 시도만이 살아남는 길입니다.

앞문이 닫혀 있다면 뒷문을 열어라

타성의 함정에서 벗어나라

은행 경영자는 창구에 줄을 서지 않고
항공사 임원은 이코노미 클래스를 타지 않으며
자동차 회사 경영자는 직접 운전을 하지 않는 것이 문제다.
— 장 클로드 라레슈(Jean Claude Larreche, 인시아드 석좌교수)

장 클로드 라레슈 인시아드 석좌교수는 고객들과 동떨어진 행동을 보이는 경영자들에게 '활동적 타성active inertia'에서 하루 빨리 벗어날 것을 주문합니다.

이것은 한때 성공한 기업들이 시장 상황이 극적으로 변함에도 불구하고, 오히려 과거에 했던 활동들을 더 가속화하려는 기업의 일반적 성향을 말합니다.

한마디로 타성의 함정에 빠져 시장을 제대로 읽지 못하는 것을 의미합니다.

지금은 공유共有 혁명의 시대

인터넷은 열고 맺고 소통하지 않으면 살아남기 힘든 생태계다.
인터넷뿐만 아니라 모든 것은 열리면서 생명력을 더 얻는다.
소프트웨어가 이미 열렸고, 하드웨어는 지금 빠르게 열리고 있으며,
앞으로는 바이오 기술이 열릴 것이다.

– 이토 조이치(伊藤穰一, MIT 미디어랩 소장)

21세기는 공유共有 혁명의 시대입니다.
닫고 감추는 비밀이 아니라, 열림과 융합의 시대이기 때문입니다.
세상에 모든 걸 개방open하십시오.
그러면 새롭고 창의적인 것을 더 많이 얻을 수 있습니다.
백과사전 엔카르타Encarta는
전 세계 네티즌의 집단 지성이 만들어내는
위키피디아에 무릎을 꿇었고,
싸이의 〈강남 스타일〉은
저작권을 포기하고 유튜브에 오픈했더니
전 세계인들에게 말 춤을 추게 만들었습니다.
세상은 소통하고 협력하며 공유하는 사람들에게
점점 더 유리해지고 있습니다.

앞문이 닫혀 있다면 뒷문을 열어라

제때 결정하지 못해 실패한다

유능한 경영인은 결정이 아무리 힘들고 어렵더라도
결코 미루지 않는다.
실패한 결정 10개 중 8개는 판단을 잘못한 것이 아니라
제때 결정을 내리지 못했기 때문에 실패한 것이다.
– 짐 콜린스(Jim Collins, 『좋은 기업을 넘어 위대한 기업으로』의 저자)

월마트의 창업자 샘 월튼Samuel Moore Walton은
신속한 의사결정을 내리기로 유명합니다.
그는 중요한 의사결정을 할 때
항상 '고객이 보스boss'라는 기준을 적용했다고 합니다.
샘 월튼은 '고객은 항상 옳다'는 점에
핵심가치를 두었던 것입니다.

관성의 족쇄를 깨라

사람은 가던 방향대로 가고, 하던 것만 하고,
그동안 얘기하던 대로 말하려는 경향이 있다.
이런 관성慣性의 족쇄를 끊는 것이 중요하다.
왜 내가 이런 일을 해야 하는지를
끊임없이 질문하라.

– 마셜 골드스미스(Marshall Goldsmith, 미국 리더십 컨설턴트)

우리는 습관적으로 TV를 켜고, 인터넷 채팅을 합니다.
휴대폰이 없으면 단 몇 분도 안 돼 불안감을 느낍니다.
이런 습관적인 행동들이 우리를 완전히 지배하고 있습니다.
서둘러 관성의 족쇄를 과감하게 벗어 던지십시오.

고통을 겪으면 위대해진다

고통을 겪어라.

그러면 당신은 위대해진다.

— 발자크(Honore de Balzac, 프랑스 소설가)

고통은 위대해지기 위한 진통입니다.

산고產苦 없이 어머니는 아이를 낳을 수 없습니다.

새싹을 틔우기 위해서는 씨앗이 먼저 죽어야만 합니다.

그래서 고통은 인생의 위대한 교사입니다.

남자의 힘은 삶의 의지에서 나온다

남자들에게 힘이란
나이와 육체적인 것이 아니라,
삶에 대한 뚜렷한 의지에서 나온다.

– 서권(『시골무사 이성계』의 저자)

앞만 바라보고 살다 나 자신을 되돌아보면
삶의 무게에 짓눌려 무력감을 느낄 수 있습니다.
그럴수록 그 삶의 무게의 빗장을 풀고
편안한 마음을 가져야 합니다.
그러면 삶의 햇살이 열려
조금은 편안함을 맛볼 수 있습니다.

앞문이 닫혀 있다면 뒷문을 열어라

거절은 새로운 기회

거절은 새로운 기회다.

상대방이 '노No'라고 말하는 순간

자신의 새로운 가치를 증명할 기회가 생겨난다.

– 김성회(『성공하는 CEO의 습관』의 저자)

우리는 하루에도 몇 번씩 거절을 당하거나

거절을 해야 하는 순간에 맞닥뜨려

벙어리 냉가슴만 앓다가 맹렬히 부딪혀 장렬이 전사합니다.

그러나 우리는 거절당하는 것에 잔뜩 움츠러들 것이 아니라,

오히려 용기를 내어 반전의 기회로 삼아야 합니다.

수십 가지 경우의 수(거절)를 상정해 대비한다면

반드시 그 목표는 달성됩니다.

1퍼센트의 힘

물을 끓이면 증기라는 에너지가 생긴다.

0도의 물에서도 99도의 물에서도 에너지를 얻을 수 없기는 마찬가지다.

그 차이가 자그마치 99도나 되지만,

에너지를 얻을 수 있는 것은 물이 100도를 넘어서면서 부터다.

그러나 99도에서 100도의 차이는 불과 1도.

당신은 99도까지 올라가고도 '1'을 더하지 못해 포기한 일은 없는가?

— 정채봉(시인)

한 분야의 뛰어난 전문가가 되기 위해서는

1만 시간의 몰입이 필요합니다.

이런 몰입이 있어야 티핑 포인트tipping point를 거쳐

폭발적인 능력의 업그레이드가 가능해집니다.

우리는 모든 일에 최선을 다하고 있다고 생각하지만,

불과 1퍼센트의 부족으로 좌절하거나

무너지는 경우가 너무 많습니다.

앞문이 닫혀 있다면 뒷문을 열어라

위대한 기업을 건설하는 비결

첫째, 적합한 사람은 버스에 태우고

둘째, 적합하지 않은 사람은 버스에서 내리게 하는 것이다.

이 외에 다른 방법은 없다.

– 짐 콜린스(Jim Collins, 『좋은 기업을 넘어서 위대한 기업으로』의 저자)

사업에서 가장 중요한 자원은 사람입니다.

일보다는 사람이 우선입니다.

적합한 사람이 적합한 곳에 있을 때 업무 성과가 달성됩니다.

지금 내 주변에 놓치고 싶지 않은 가장 중요한 사람은 누구입니까?

이길 싸움만 한다

하나, 지는 싸움을 절대로 하지 않는다.
둘, 이길 수 있는 싸움은 반드시 이긴다.
셋, 7할 이상의 승률을 만들어 놓고서 싸운다.

– 손정의(일본 소프트뱅크 회장)

이는 손정의 회장의
손자孫子와 란체스터Lanchester의 이론을 근간으로 한
간단명료한 사업 전략입니다.
손 회장은 2조엔을 투자하여
영국의 무선통신사 보다폰을 인수했는데,
그 전에 무려 3,000번이나 시뮬레이션을 했습니다.
그는 시뮬레이션을 통해 성공을 확신하는 순간,
전광석화처럼 합병을 마무리했습니다.
우리는 사업이나 협상을 할 때 손 회장과 같이
과학적인 이론을 바탕으로 철저히 분석한 다음
승부에 뛰어들어야 합니다.

앞문이 닫혀 있다면 뒷문을 열어라

우리의 상관은 단 하나, 고객

우리에게 단 한 명의 상관은 고객이다.
그리고 그들은 언제나
다른 어딘가의 상점을 선택하는 간단한 결정을 통해
우리를 해고할 수 있다.

— 샘 월튼(Samuel Moore Walton, 월마트 창업주)

샘 월튼은, 고객은 대단히 이기적이지만
언제나 옳다고 했습니다.
고객이 제품을 사는 이유는
그들의 삶을 '개선'할 수 있기 때문입니다.
고객은 최저 가격으로,
가능한 최고 품질의 상품을 갖기를 원합니다.
고객의 욕구를 제대로 알아야
고객을 만족시킬 수 있습니다.

오직 고객의 목소리만 들어라

전문가의 이야기를 듣지 마라.
그 누구의 이야기도 듣지 마라.
오직 고객의 목소리만 들어라.
그들의 습관을 읽고
그들이 깜짝 놀랄 만한 걸 내놓으라.
— 제임스 다이슨(James Dyson, 영국 다이슨사 CEO)

날개 없는 선풍기와 먼지봉투 없는 청소기를 만든 '영국의 잡스' 다이슨은 누구의 말도 듣지 말고 오직 고객의 목소리만을 들을 것을 강조합니다.

영국에서 비틀스만큼 유명한 이 가전회사는 신입사원 선발 방식이 독특합니다. 관련 분야에 대한 경험이 없는 사람을 선호하기 때문입니다. 경험이 없는 사람들이야 말로 선입견이 없고, 맡은 일에 대해 생각하고 또 생각하게 된다는 겁니다.

성공은 99퍼센트의 실패로 이뤄지는데, 진짜 중요한 건 제대로 된 제품을 내놓는 겁니다.

앞문이 닫혀 있다면 뒷문을 열어라

소비자의 비밀을 제대로 읽어라

사람들의 숨기고 싶은 비밀을 읽어라.
늙은 브랜드도 되살아날 것이다.

– 마크 프리처드(Mark Pritchard, P&G 마케팅 최고책임자)

마케팅은 단순히 물건을 사도록 만드는 것이 아닙니다.
마케팅은 소비자들이 원하는 것을 찾아내는 것이
핵심 키워드입니다.
그래서 마케팅 담당자들은
사람들의 삶을 제대로 관찰하고 이해하는 데
많은 시간과 돈을 투자합니다.

김정원의 1분 경영노트

명품은 감정이 느껴져야 한다

명품은 감정을 불러일으키고 전달한다.
지갑이든 서류가방이든 기능도 중요하지만,
그것을 만지고 사용할 때 거기에서 감정이 느껴져야 한다.

— 이브 카셀(Yves Carcelle, 루이뷔통 CEO)

한국에서 루이뷔통의 백은 유난히 인기가 높습니다.
오죽하면 루이뷔통 백을 거리에서 3초마다 하나씩 볼 수 있다고 해서 '3초 백'으로 불릴까요?
세계적인 명품 브랜드 루이뷔통이 157년 동안 성장할 수 있었던 것은 '고객이 어떠한 요구를 하더라도 만족시킨다'는 대원칙이 지켜졌기 때문입니다.

앞문이 닫혀 있다면 뒷문을 열어라

리스크 관리론

리스크risk 관리란 위험을 회피하거나
'무無 위험'을 추구하는 것이 결코 아니다.
리스크 관리란 내가 안고 있는 위험을 제대로 이해하고,
알고 있어야 하는 것이다.

– 래리 핑크(Larry Fink, 블랙록 창업자)

리스크 관리란 잘나가는 시기에
내가 안고 있는 위험을 제대로 이해하는 것을 의미합니다.
좋은 시기든 나쁜 시기든
항상 지속적이고 일관되게 리스크를 분석하고
이해해야 합니다.
위기가 아닐 때, 모두가 행복할 때,
리스크 관리는 더더욱 중요합니다.

루이뷔통에는 세 가지가 없다

루이뷔통에는 세 가지가 없습니다.
루이뷔통은 재고가 발생하면
세일을 하지 않고 모조리 없애버립니다.
모든 제품은 아웃소싱을 하지 않고
루이뷔통의 기술자들이 직접 만들기 때문에
품질에서만큼은 철저하게 타협하지 않기로 유명합니다.
명품 루이비통은 그래서 더욱 갖고 싶은 것입니다.

앞문이 닫혀 있다면 뒷문을 열어라

란체스터 _{Lanchester} 전략

전력이 우세할 때는 총력전으로 단기간에 승부하고,
약세일 때는 개별전으로 끈질지게 버텨야 한다.

– 란체스터(Lanchester, 영국 항공 엔지니어)

이 전략은 제1차 세계대전 당시
란체스터가 항공기 대전大戰을 분석해 정립한 전략입니다.
란체스터 전략은
상대방보다 전력이 열세인 경우 채택할 수 있는
생존과 승리를 위한 전략으로,
약자가 시장에서의 강자를 이길 수 있는 전략입니다.
이 전략은 '전쟁의 신'이자 '바다의 신神'인
이순신 장군의 전략이기도 합니다.

디테일이 성패를 좌우한다

원대한 전략도 결국 디테일detail 싸움이고,
혁신은 기업의 모든 디테일한 부분에서 나온다.

– 장루이민(張瑞敏, 중국 하이얼그룹 회장)

세계적인 건축가 미스 반 데어 로에Mies van der Rohe는
'신은 언제나 디테일 속에 살아 있다'고 강조합니다.
디테일한 것이 모여 위대한 성과를 이루어내기 때문입니다.
천 리 둑도 개미 구멍에 무너지듯,
1퍼센트의 실수가 100퍼센트의 실패를 가져옵니다.
기회와 행운은 디테일하게 준비한 자의 몫입니다.

앞문이 닫혀 있다면 뒷문을 열어라

구성원들과 끊임없이 소통하라

닫고 통제하고 비밀로 하는 시대는 지났다.

기술 생태계에서 살아남기 위해서는

구성원들과 끊임없이 소통하고

관계를 맺고 공유하면서

조화를 이뤄야 한다.

– 이토 조이치(伊藤穰一, MIT 미디어랩 소장)

21세기는 공유의 시대입니다.

소통하고 협력하며 공유하는 사람이 점점 더 유리해지고 있습니다.

인간관계든 기술 생태계든 서로 협력하면

더욱 창조적이고 시너지 효과를 냅니다.

기업은 자전거와 같다

기업은 자전거와 같다.

극한 상황에서도 폐달을 밟으며 극복하는 법을 배운다.

오르막이 아무리 힘들어도 반드시 내리막길이 나온다.

– 구자열(LS전선 회장)

자전거는 모든 사람들에게 평등합니다.

자전거는 누구에게나

똑같은 두 바퀴를 굴릴 수 있는 기회를 줍니다.

그러나 두 바퀴를 어떻게 굴리느냐에 따라

그 인생人生의 거리,

기업의 성과는 확연하게 달라집니다.

기업의 몰락은 자만에서 시작된다

뱅크 오브 아메리카, HP, 머크, 모토로라 등
위대한 기업이 몰락하는 이유는 성공에서 비롯된 자만自慢 때문이다.

– 짐 콜린스(Jim Collins, 『좋은 기업을 넘어 위대한 기업으로』의 저자)

코닥은 세계 최초로 디지털 카메라를 만들고도
필름 산업이 영원히 지지 않을 것이라는 자만에 빠졌다가
몰락했습니다.
스마트폰을 가장 먼저 만든 노키아는 폴더 폰에 안주하다
1등 기업 몰락 과정의 전형적인 사례가 됐습니다.
위대한 기업은 기존 성공의 틀에 매여
이카루스의 패러독스에Icarus Paradox 빠져
소비자의 감성욕구(축)를 읽어내지 못해
몰락의 길을 걷게 되었습니다.

명품의 최고 홍보는 입소문

명품은 광고나 홍보를 하지 않아도
고객의 입소문만으로 전국에 알려진다.
최대의 홍보는 눈앞에 있는 고객을 기쁘게 하고
만족시켜주는 것이다.

— 사카모토 코지(坂本光司, 『작지만 세계에 자랑하고 싶은 회사』의 저자)

품질 100퍼센트 짜리의 양갱을 만들어
하루 150개만 판매하는 일본 최고의 양갱 가게 오자사.
이 가게는 한 평의 공간에서
연간 42억 원의 매출을 올리는
작지만 자랑하고 싶은 회사입니다.
오자사의 이나가키 아츠코 사장은 최고의 맛을 내기 위해
스스로에게 엄격하고,
품질과는 타협하지 않기로 유명합니다.
오자사의 양갱이 얼마나 맛있는지,
삶을 마감하는 순간에 간절히 생각나는 맛이라고 합니다.

돈을 쓰는 것도 예술이다

돈을 버는 것은 기술이지만 돈을 쓰는 것은 예술이다.
좋은 예술이 영원히 남듯이
돈을 좋은 데 사용하면 그 돈의 가치는 영원히 남게 된다.

– 한창우(재일동포 기업가)

일본 파친코 업계의 대부大父이자
일본 재계 서열 17위인 한창우 회장.
그는 돈을 버는 것은 기술이지만,
돈을 쓰는 것은 예술이라는
독특한 '돈의 철학'을 갖고 있습니다.
그는 16세 때
쌀 두 되와 일한日韓사전 하나를 들고 일본으로 밀항,
억척스럽게 2조 원대의 재산을 모았습니다.
한 회장은 '내가 태어난 나라 한국, 나를 일으켜 세운 일본'을 위해
재산 모두를 쓰기로 했습니다.

변화에 강한 사람만이 살아남는다

결국, 살아남는 것은 강한 종도 아니고
지적 능력이 뛰어난 종도 아니다.
종국에 살아남는 것은 변화에 가장 잘 적응한 종이다.

– 찰스 다윈(Charles Robert Darwin, 진화론 주창자)

우리가 환경을 변화시킬 수 없다면,
스스로 자신을 변화시키는 수밖에 없습니다.
그 변화의 힘은 밖에서 저절로 찾아드는 것이 아니라,
인간 내면으로부터 나옵니다.
변화를 받아들여 이를 리드하고 관리하는 자만이
세상을 지배합니다.
변화의 힘이 바로 경쟁력입니다.

앞문이 닫혀 있다면 뒷문을 열어라

앞문이 닫혀 있다면 뒷문을 열라

반드시 들어가야 할 곳의 문이 닫혀 있다면
뒷문이라도 찾아서 들어가라.
문이 열리길 기다리다간 기회를 놓친다.

– 바비 브라운(Bobbi Brown, 메이크업 아티스트)

세상에 열리지 않는 문은 없습니다.
앞문이 닫혀 있다면 뒷문에서 새로운 돌파구를 찾으면 됩니다.
아무리 어려운 문제라도
해결 방안은 반드시 있기 마련입니다.

김정원의 1분 경영노트

운칠기삼

운을 잡기 위해선 7이 아니라 10에 가까운 노력이 있어야 합니다.
그러나 우리는 신념과 가치에 바탕을 두고 노력하기보다는
요행부터 기대합니다.
우리의 인생은 장거리 마라톤이며,
그 길은 결코 일직선으로 펼쳐진 탄탄대로가 아닙니다.
거기에는 굴곡과 요철,
진창으로 점철된 고난의 여정이 놓여 있습니다.
이 고난의 길을 참고 인내하고 노력하면서 달리다 보면
자신도 모르는 사이에 운이 덧씌워집니다.

앞문이 닫혀 있다면 뒷문을 열어라

위대한 승리의 비결

아무리 뛰어난 선수도 팀보다 중요하지 않다.

아무리 뛰어난 감독도 팀보다 중요하지 않다.

팀, 팀, 팀만이 전부다.

무언가의 일부가 되는 것, 그것이 팀이다.

— 보 스켐베클러(Bo Schembechler, 전 미시간대 풋볼팀 감독)

미국 미시간대 풋볼팀의 전 감독인 보 스켐베클러는

승률 85퍼센트라는 위대한 대기록을 남겼습니다.

그는 1969년부터 1989년까지 미시간대 감독을 맡아

전인미답前人未踏의 대기록(234승)을 달성한 전설적인 리더입니다.

그런데 그의 승리 비결은 의외로 간단했습니다.

선수들에게 원칙을 지키고 시간을 엄수하며,

팀워크를 최고로 믿게 만든 것뿐이었습니다.

이처럼 승리의 비결은 단순하고 기본적인 것에 있습니다.

일구이무 _{一球二無}

공 하나에 승부를 걸 뿐 두 번은 없다.
인내하고 준비하지 않으면 기회가 올 때 잡지 못한다.

— 김성근(고양원더스 감독)

야신野神 김성근 감독은 명분과 의리를 중요시합니다.
야구에 관한한 독불장군으로 불리는 김 감독은
'구단은 지원, 감독은 승리'가 불변의 역할이라고 말합니다.
그런 그는 지금까지 프로팀 감독 등을 포함해
모두 열두 번 해임됐습니다.
김 감독은 그 때마다
"잘렸어! 끝났어!"라는 말로 이임사를 대신하고
또다시 새로운 기회를 만들기 위해 준비에 들어갔습니다.

앞문이 닫혀 있다면 뒷문을 열어라

젊은이여 위험을 감수하라

성공하는 모든 사람들의 공통점은 위험을 감수했다는 것이다.
(젊은이여!) 두려워하지 말고 맞서라.

— 래리 킹(Larry King, 미국 토크쇼의 제왕)

토크쇼의 제왕 래리 킹이 2011년 5월 한국을 방문,
첨단 기술IT이 아무리 발전하더라도
사람과 사람의 연결보다 중요한 것은 없다면서
'삶의 연결connection'을 강조했습니다.
역시 사람이 중요합니다.
당신은 누구와 자주 만나고 어울리십니까?
바로 그 상대가 자신을 비추는 거울과 같은 존재입니다.

오늘을 다짐하라

일을 시작하기 전에 이렇게 다짐하라.
난 이 세상에 단 하나밖에 없는 존재다.
난 내 일을 즐겁게 해낼 수 있는 현명한 사람이다.
난 어떤 일이든 처리할 수 있는 재능을 가졌다.
난 남들과는 다르게 일을 처리할 수 있는
창의적인 능력을 가졌다.

– 출처 미상

매일 아침 현관문을 나서기 전에
거울을 보고 어깨를 곧추세운 다음
자기 자신에게 최면을 걸어보세요.
이 세상에서 내 자신이 최고이고
가장 일을 잘 처리할 능력을 가지고 있으며
가장 멋진 사람입니다.
그러면 출근길 발걸음이 한결 가뿐하고,
오늘 하루의 일이 잘 풀릴 것입니다.
모든 일은 마음먹기에 달려 있습니다.

앞문이 닫혀 있다면 뒷문을 열어라

항상 만족하지 말고 도전하라

항상 만족해하지 마라.

자신이 좋아하는 것에 항상 굶주려야 한다.

남이 못 해준다.

배고파하고 도전하면 성공한다.

— 김택진(엔씨소프트 대표)

김택진 엔씨소프트 대표는

맨손과 열정으로 사업을 시작해

창업 14년 만에 약 2조 원의 주식 부자가 됐습니다.

물론 그가 성공하기까지 많은 노력과 고생이 뒤따랐습니다.

이 회사의 목표는

게임의 즐거움처럼

즐거움으로 세상 사람들을 연결하는 겁니다.

그래서 야구단도 만들었습니다.

오늘이 마지막 날이라면

오늘이 내 인생의 마지막 날이라면
지금 하려고 하는 일을 할 것인가?
If today were the last day of my life,
would I want to do what I am about to do today?
— 스티브 잡스(Steve Jobs, Apple 창업자)

이 글은 혁신의 아이콘인 스티브 잡스가
죽기 전에 남긴 말입니다.
그는 곧 죽을 것이란 사실을 기억하는 것은
인생에서 커다란 선택을 내리는 데 도움을 주는
가장 중요한 도구라고 했습니다.
외부의 기대, 자부심, 좌절과 실패 등은
모두 죽음 앞에서 덧없이 사라지고
진정으로 중요한 것만 남게 된다는 것입니다.

앞문이 닫혀 있다면 뒷문을 열어라

누적적 이득

무릇 있는 자는 받아 풍족하게 되고
없는 자는 그 있는 것까지 빼앗기리라.
– 「마태복음」 25:29

누적 효과는 작은 차이가 큰 차이를 낳는 기회로 이어지고,
그것은 또 다른 기회로 이어지는 누적적 이득의 선순환을 말합니다.
로버트 머튼Robert King Merton은 누적 효과를
마태 효과라고 불렀습니다.
마태 효과는 1만 시간의 연습을 통해
특별한 기회를 얻어낸
진정한 아웃라이어out liers를 가리킵니다.

몰입이 성공의 비결

인생에 아궁이가 다섯 개라고 치자.
장작을 다섯 아궁이에 골고루 나누어 때면 죽도 밥도 안 된다.
한 아궁이에 몰아줘야 가마솥에 물이 끓는다.
한정된 시간과 에너지를 한 곳에 몰아줘야 (성공)한다.

— 한비야(세계시민학교 교장)

이는 '바람의 딸' 한비야 씨의 몰입에 대한 철학입니다.
그가 몰입의 중요성을 강조한 것은
낙숫물이 바위를 뚫고,
한 발 한 발의 꾸준함이
산 정상(목표)에 도달할 수 있는 이치와 같습니다.
몰입은 성공에 도달하는 지름길입니다.

앞문이 닫혀 있다면 뒷문을 열어라

될 때까지 한다

이는 일본전산의 짧지만 무서울 정도로 명쾌한 행동 지침이자
이 회사 고속 성장의 비결입니다.
헨진[變人]*이라고 불리는 나가모리 시게노부永守重信 사장의 사원 채
용 방식은 독특합니다. 밥 빨리 먹기, 오래 달리기, 큰 소리로 말하
기, 화장실 청소를 잘한 사람 등이 우선 선발 대상입니다.
실제 이들은 일도 잘했고
일본전산의 고속 성장의 주역이었습니다.

* 헨진[變人] : 이상한 사람

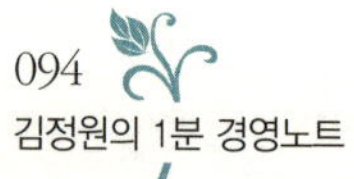

당신을 계속 성장시켜라

아무리 잘 훈련된 운동선수라도 운동을 중단하면
72시간 뒤부터는 운동 능력이 감소하기 시작한다.
– 브라이언 트레이시(Brian Tracy, 경영 컨설턴트)

브라이언 트레이시는 누구든 새로운 것을 배우고 익혀
자신을 가치 있게 만들 것을 주문합니다.
배우지 않는 그 순간부터
당신의 지적 성장은 멈춰버린 채
천길 낭떠러지기로 급전직하急轉直下를 시작하기 때문입니다.

앞문이 닫혀 있다면 뒷문을 열어라

무엇을 하든 1,000번을 노력하라

사진을 찍으려면 1,000번을 찍어라.
누굴 사랑하려면 1,000번을 사랑하라.
시 한 편 쓰더라도 1,000번을 써야 한다.
삶에서 중요한 것은 성공보다 노력이다.

– 정호승(시인)

한때 잡지사 기자로 근무했던 정호승 시인.
그가 성철 스님의 취재 도중 사진을 여러 장 찍자
큰스님이
"왜 이렇게 많이 찍노, 필림이 안 아깝나?"라고 물었습니다.
정 시인이
"좋은 사진을 찍으려면 많이 찍어야 합니다"고 하자
스님은
"그러면 1,000번을 찍어라"라는 화두를 던졌습니다.
당시 정 시인은 그 말의 의미를 몰랐다가
최근에서야 1,000번의 의미를 깨달았습니다.
성철 스님의 '1,000번 화두'는
어떤 일을 하든 1,000번을 노력하면
이루지 못할 일이 없다는 의미였습니다.

빠른 전환 능력을 키워라

성공의 원동력은 빠른 전환 능력이다.
세상의 변화보다 나의 변화 속도가 늦다면 반드시 실패한다.

– 조셉 선더스(Joseph Saunders, VISA 회장)

성공의 원동력은 세상의 변화 속도를 읽어내는 능력에 있습니다.
우리가 현재 사용하고 있는 모바일 결제는
10년 후 기본 결재 수단이 되고
플라스틱 카드는 사라집니다.
스마트폰 화면을 손가락으로 몇 번 누르기만 하면
메뉴 선택부터 결제까지
눈 깜작할 사이에 종료됩니다.

앞문이 닫혀 있다면 뒷문을 열어라

크리티컬 매스critical mass

성공한 이들에게는 한결같은 공통분모가 있다.
성공 유전자도, 특별한 배경도, 타고난 재능도 아닌,
다른 특별함이 있다.
그들은 내면內面의 산山을 넘은 것이다.

— 백지연(방송인)

크리티컬 매스critical mass는 물리학에서 임계질량을 의미하는데,
대체로 한 분야에서 달인의 경지에 이른 사람을 말합니다.
크리티컬 매스의 예로는 김연아나 박지성 선수, 배우 장혁, 가수 싸
이 등이 거론됩니다.
박지윤 씨는 50번의 시험을 치른 끝에 아나운서가 될 수 있었고, 장
혁은 오디션을 119번이나 치르고서야 배우가 될 수 있었습니다.
이들은 자기 자신과의 싸움, 인내와 노력 등 혹독한 과정을 거친 끝
에 성공할 수 있었습니다.

실수하는 것이 더 좋을 수도 있다

실수를 두려워하지 마라.

모두 실수를 한다.

실수하는 것이 더 좋을 수도 있다.

실수 없이 성공한다면

갑자기 실수를 할 때 왜 실수했는지 알 수 없게 된다.

– 잭 니클라우스(Jack Nicklaus, 미국 골프 선수)

이는 '황금 곰' 잭 니클라우스가
US오픈 사상 최저타(16언더)로 우승한
22세의 새로운 '골프황제' 로리 매킬로이Rory McIlroy에게
천재성을 빛나게 한 충고의 말입니다.
골프는 야구처럼 실수(실책)를 최대한 없애야 합니다.
하기야 남의 실수가 동반자들에게 즐거움을 주기는 하지만,
일이든 게임이든 남의 실수로 이기는 것보다는
내 실력과 힘으로 상대를 꺾는 것이
더 멋지고 신나는 일입니다.

앞문이 닫혀 있다면 뒷문을 열어라

열정과 긍정이 나를 만들었다

(삶에서는) 무엇을 했느냐 보다는 어떻게 살았느냐가 더 중요하다.
지식은 사라질 수 있어도 삶의 태도와 습관은 변하지 않고 영원하다.
– 안철수(전 서울대 융합과학기술대학원 원장)

대한민국 국민들이 가장 닮고 싶어하는 인물이자 롤 모델Role Models
인 안철수 교수는 '자기 자신이 자기 인생의 최고경영자CEO'라는 점
을 강조합니다.
안 교수의 말은 열정과 긍정을 바탕으로
매순간 주어진 일에 최선을 다하는 자기 경영을 의미합니다.
지금 당신의 삶은 어떤 태도와 습관으로 채워지고 있습니까?

김정원의 1분 경영노트

열정을 경영하라

세상에서 속이지 못하는 것이 세 가지 있다.

가난, 사랑, 기침이다.

나는 여기에 열정熱情을 덧붙이고 싶다.

– 진대제(전 정보통신부 장관)

열정이란 인자因子는

가슴에서 용암처럼 솟구치는 뜨거운 마음을 의미합니다.

열정은 사람을 인내하게 만들고,

남을 북돋우며,

일을 즐겁게 만드는 원천입니다.

열정은 필연적으로 발생하는 힘든 과정과 어려움을 극복해나가는

뜨거운 에너지입니다.

그 열정은 일을 즐기는 힘에서 찾을 수 있습니다.

손이 데일 정도로 뜨거운

열정을 경영하십시오.

자신만의 정원에 피는 나무

사람들은 저마다 자신만의 정원에 나무가 있다.
(이 나무는) 그냥 나무가 아니라 꽃 피는 나무다.
그 꽃은 사람들이 자신의 인생을
자신이 원하는 것으로 이룰 때 피워내는 꽃이다.

– 백지연(방송인)

사람들은 누구나 자신의 가슴에 나무(꿈)를 키웁니다.
내면에 키우는 나무에 꽃이 피면 자신의 꿈이 이뤄집니다.
사람들은 이 꽃을 피우기 위해
'내면의 자가 발전기'를 열심히 돌립니다.
내면의 나무는 마침내
크리티컬 포인트critical point, 즉 임계점을 돌파하면서
그 꽃을 활짝 피웁니다.

방 벽에 꿈을 붙여 놓으라

타이거 우즈의 침실 벽에는
그의 정신적 멘토인 골프 천재 잭 니클라우스의
골프 성적표가 붙어 있다.
미셸 위의 침실 벽은
온통 타이거 우즈의 사진들로 도배되어 있다.
한비야는 어린 시절부터 방 벽에 세계지도를 붙여놓고
세계 일주를 하는 자신의 모습을 생생하게 꿈꾸었다.

– 이지성(『꿈꾸는 다락방』의 저자)

언제나 우리에게 주어지는 선물은
아름다운 꿈(목표)을 마음껏 꿀 수 있는 특권입니다.
그 아름다운 꿈은 즐거운 오솔길을 지나
우리가 목표로 하는 그 끝까지 데려다 줄 수 있으니까요.
목표를 크게 갖고 준비를 디테일하게 해나가다 보면
불현듯 그날이 찾아옵니다.

허실전략虛實戰略

허실虛實을 알면 못이길 싸움이 없다.

– 이세민(당 태종)

승자는 적의 허를 치지만 패자는 적의 실을 친다.

– 마크 맥닐리(Mark McNeilly)

승자는 적을 끌고 다니고, 패자는 적에 끌려다닌다.

– 손빈(孫臏)

승자는 적의 실을 피하고 허를 공격한다.

–『손자병법』

흐르는 물은 고정된 형태가 없고 지형에 따라 계속 변하듯,

전쟁에도 고정된 형세가 없다.

– 손자(孫子)

가수 싸이는 말 춤을 추며 〈강남 스타일〉로 세계를 정복했고, 일본 최고의 사무라이 미야모토 무사시宮本武蔵는 허실을 이용해 60전 전승이라는 전무후무한 전설을 남겼습니다.

지금 모두가 어렵다고 합니다.

국가 경영이든 기업(가정) 경영이든, 강점은 키우고 허점은 보완하는, 허실전략이 필요한 때입니다.

사안의 반면反面을 읽어라

어떤 사물에든 대립되는 현상이 병존한다.
사물을 관찰할 때 정면正面만 보지 말고
반면反面을 읽어야 한다.
— 신동준(21세기정경연구소장)

CEO들은 온갖 지략이 난무하는 글로벌 비즈니스 정글에서
상대를 제압하기 위해서는 정면만 볼 것이 아니라
사안의 반면反面을 읽어내야 합니다.
유가의 『맹자孟子』가 정면을 치는 지략이라면,
병가의 『손자병법孫子兵法』과 법가의 『한비자韓非子』,
마오쩌둥의 『모순론矛盾論』은
모두 반면의 지략입니다.

드러커의 법칙

아이디어를 내는 것은 '1'이다.

이를 기획안으로 정리하는 것은 그 두 배의 시간을 요한다.

실행하는 데는 100배의 시간과 에너지가 든다.

– 이치무라 기요시(市村淸, RICOH 창업자)

무슨 일이건 두 배가 아니라

세 배 정도의 시간을 미리 계산해야 합니다.

피터 드러커Peter F. Drucker는

어떤 일이 실현되기까지는

예상했던 것보다 두 배의 시간이 걸린다는

'드러커의 법칙'을 내놓았습니다.

기회는 잡는 것이다

좋은 기회를 만나지 않는 사람은 없다.

단지 포착하지 못했을 뿐이다.

— 카네기(Andrew Carnegie, 미국 기업가)

위기 뒤에는 반드시 기회가 옵니다.

준비가 돼 있지 않다면

그 기회를 잡을 수 없습니다.

누구에게나 기회는 공평하게 주어집니다.

정성을 다해 노력하면

'기회의 문턱'은 어렵지 않게 넘을 수 있습니다.

앞문이 닫혀 있다면 뒷문을 열어라

기술보다 의지가 더 중요하다

기술보다 의지가 더 중요하다.

의지가 있는 사람은 앞으로 나아가게 돼 있다.

― 알리(Muhammad Ali, 전 미국 권투 선수)

아무리 절망스러운 상황에 직면하더라도

자세히 보면 거기서 뚫고 일어설 수 있는

기회를 찾아낼 수 있습니다.

척박한 환경에서도

강력한 의지로 일어선 사람들은 셀 수 없이 많습니다.

그들은 좌절하기 일보직전까지 내몰렸지만,

의지 하나로 자신의 삶을

다시 일으켜 세웠습니다.

계란 프라이와 병아리

계란을 남이 깨주면 프라이가 되지만,

자기가 깨면 병아리가 된다.

– 출처 미상

제임스 다이슨James Dyson은

5,126번의 실패 끝에

먼지봉투 없는 청소기를 개발하는 데 성공했습니다.

마찬가지로 수천 번의 실패를 거쳐

날개 없는 선풍기를 만들어냈습니다.

그러나 그는 그 과정을 실패라고 생각하지 않았습니다.

대신 5,126가지의 '되지 않는 방법'을 발견했을 뿐이었습니다.

다이슨에게 5,126번의 실패는

단지 숫자에 불과했던 것입니다.

앞문이 닫혀 있다면 뒷문을 열어라

부레 없는 상어의 생존법

바다에 사는 수많은 물고기 가운데 유독 상어에게만 부레가 없다.

부레가 없으면 물고기는 해저로 가라앉기 때문에

잠시라도 멈추면 죽게 된다.

그래서 상어는 태어나면서부터 쉬지 않고 움직여야만 한다.

— 장쓰안(張丗安, 『나를 이기는 힘 평상심』의 저자)

상어의 끊임없는 자맥질이

결국 바다 동물 중 가장 힘이 센 강자를 만들었습니다.

우리 역시 매일같이 '넓은 바다'라는 사회에서

부레 없는 상어처럼

쉬지 않고 자맥질(활동)을 하는 것은

꿈과 목표를 달성하기 위함입니다.

선무당이 사람 잡는다

선무당이 사람 잡는다.

중국에 대해 섣불리 아는 것보다는 차라리 아예 모르는 게 낫다.

중국 다시 보기가 절실하다.

중국의 문화·역사·의식 구조·사회 흐름을

종합적이고 입체적으로 학습해야 한다.

― 박근희(삼성생명 사장)

박근희 전 중국삼성 사장은 중국을 알면 알수록

더욱 모르겠다고 했습니다.

면적은 한국의 99배, 인구는 28배,

하루가 다르게 커가는 국력을 보면 기가 질리기 때문입니다.

중국은 무한한 가능성의 시장이고 기회임에는 틀림없지만,

중국의 거침없는 무한질주는 '양날의 칼날'이라는 점에서

'중국 다시 보기'가 필요합니다.

시진핑習近平 주석의 발언만 보더라도

중국은 한국에 경제·문화적으로는 기회의 땅이지만,

정치·군사적으로는 잠재적 위협의 존재이기 때문입니다.

음악의 쾌감은 음의 변화에서 나온다

음악은 우리에게 '변화'를 통해 쾌감을 준다.

음의 변화, 즉 음의 고저, 강약, 그리고 스피드.

이 세 축의 변화에 여러 음을 동시에 표현하는 화성학적 변화를 첨가해

수많은 변이를 만들어낸다.

– 윤대현(서울대병원 교수)

음악은 인류 탄생과 더불어 발전해왔습니다.

지금도 음악은 우리의 뇌를 즐겁게 하면서

끝없이 진화하고 있습니다.

음악이 지금까지 존재하는 것은

음의 고저, 강약, 스피드 등의 변이가 만들어내는

강력한 감성적 쾌감이 있기 때문입니다.

변화하지 않으면

감동을 줄 수 없습니다.

위기는 늘 재발한다

위기는 늘 재발한다.

그것은 사람들이 늘 위기의 기억을 잊어버리기 때문이다.

그리고 다시 위기의 신호가 와도 '이번엔 다르겠지'라고 믿기 때문이다.

– 케네스 스코프스(Kenneth scopes, 하버드대 교수)

위기가 재발하는 것은

사람들이 위기의 기억을 잊어버리기 때문입니다.

사람들은 최악의 상황이 지나고 나면 안심하게 되고

또다시 위기가 오더라도

이번엔 과거의 위기와는

근본적으로 다를 것이라는 생각을 하게 됩니다.

이런 믿음과 안심이

또 다른 위기를 불러

최악의 상황을 만들고 맙니다.

싸울 때는 철저히 계산하라!

인생에서 체념할 정도로 강력한 것은 없다.

초조해하지 않고, 게으르지 않고,

계속해서 참고 또 참는 사람과 맞서야 한다면,

그 어떤 상대라도

마침내 지쳐서 항복하지 않을 수 없다.

– 마츠나가 야스자에몬(松永安左衛門, 일본 전력의 민영화 주역)

마츠나가는 결코 자신의 신념을 굽히지 않는 사람으로
유명합니다.
그는 '우리의 인생은 투쟁의 연속'이라고 말할 정도로
한번 추진하기로 마음먹으면
단순한 싸움꾼이 아니라
주도면밀하게 계산하면서 행동으로 옮겼습니다.

습관이라는 괴물

어떤 행동이든 자주 반복하면 습관이 된다.
습관이 되면 힘을 얻는다.
습관은 처음에는 약한 거미줄 같지만
그대로 두면 우리를 꼼짝 못하게 묶는 쇠사슬이 된다.

– 트라이언 에드워즈(Tryon Edwards, 신학자)

습관이란 놈은 마치 거미줄 같아서
인간을 쇠사슬에 일단 한번 묶기 시작하면
절대로 빠져나가지 못하게
아주 단단히 묶습니다.
습관이 사람을 만듭니다.
그래서 습관을 제2의 천성이자
제6감이며
길 안내자라고도 합니다.

훌륭한 리더는 자기 자신부터 가꾼다

지도자의 처신

지도자의 처신이 바르면 명령이 없어도 스스로 이행하지만,
지도자의 처신이 바르지 못하면 비록 명령을 내려도 따르지 않는다.

– 민경조(CEO나눔지식 전도사)

어느 조직이든 리더가 원칙을 지켜야
조직이 바로 섭니다.
리더는 더 많은 책임을 짊어진 사람에 불과합니다.
리더가 특권의식을 가지는 순간
그 조직은 더 이상 발전할 수 없습니다.

직원 행복 경영을 하라

행복한 젖소가 더 많은 우유를 생산한다.

– 짐 굿나이트(Jim Goodnight hottie, SAS 인스티튜트 회장)

직원이 행복하면 생산성이 높아지고
고객의 행복으로 이어집니다.
행복한 고객은 또 다른 고객을 불러옵니다.
직원의 행복은 고객의 행복으로,
그 고객은 또 다른 고객에게
'행복 바이러스'를 퍼뜨리는
선순환 구조가 이어집니다.

훌륭한 리더는 자기 자신부터 가꾼다

직원 감동이 유토피아 경영

직원을 만족시키지 못하면 고객을 감동시킬 수 없다.
오직 당근만이 필요하고 채찍은 필요 없다.

    – 야마다 아키오(山田昭男, 미라이공업未來工業 회장)

최근 대기업뿐만 아니라 중소기업에까지
유토피아 경영이 확산되고 있습니다.
직원의 기氣가 살면 매출이 쑥쑥 올라갑니다.
극심한 불황을 극복할 수 있는 첫 번째 조건은
내부 고객에 대한 배려에서 출발합니다.

P–S–P People-Service-Profit

회사가 최선을 다해 직원을 배려하면,

직원은 진지하게 서비스의 질을 높이고,

그러면 이익은 자연스럽게 창출된다.

— 페덱스Fedex의 公正철학

훌륭한 CEO는 누구보다 사람의 소중함을 잘 압니다.

기업이든 조직이든

사람이 먼저이고, 그다음이 일이기 때문입니다.

사람의 소중함을 행동으로 보이면

이익은 저절로 찾아옵니다.

훌륭한 리더는 자기 자신부터 가꾼다

인센티브는 인간의 위대한 발명품

인센티브incentive란 인간이 만든 위대한 발명품 중 하나이며,
자본주의가 공산주의와 대결해서 승리한 요인이다.

– 이건희(삼성그룹 회장)

이건희 회장은 경영진에게 파격적인 연봉을 주고
과감한 스톡옵션stock option을 주는 등
인센티브 신봉자입니다.
그는 회사에 도움 되는 인재에게는
비용을 아끼지 않습니다.
그래서 삼성에서는 신상필벌信賞必罰이 아니라
'신상필상信賞必賞'의 문화가 만들어졌습니다.

신뢰관계는 누구도 모방하지 못한다

경쟁 기업이 절대로 모방하거나
빼앗아갈 수 없는 단 한 가지가 있다면,
바로 CEO와 직원들 간의 신뢰관계이다.

– 켄 블랜차드(Ken Blanchard, 『칭찬은 고래도 춤추게 한다』의 저자)

리더는 조직의 나침반과 같습니다.
리더의 확고한 비전은
조직원 모두의 에너지를 한 방향으로 결집시켜
강력한 조직을 만들기 때문입니다.

훌륭한 리더는 자기 자신부터 가꾼다

소통으로 기업 철학을 공유하라

히든 챔피언의 기업 문화는 명확하고 원대한 목표를 세운 다음
이것을 회사의 모든 구성원들에게 정확히 알리고
그 달성을 위해 오랜 세월에 걸쳐 물러서지 않고
철저히 노력하는 것이다.

– 헤르만 지몬(Hermann Simon, 『히든 챔피언』의 저자)

아무리 좋은 기업문화를 보유하고 있더라도.
구성원들과 기업의 철학과 비전을 공유하지 않으면
기업의 목표 달성은 한계에 봉착할 수밖에 없습니다.
직원들과의 소통을 통해
기업 철학을 공유하는 것은
CEO의 가장 중요한 역할입니다.

훌륭한 리더는 자기 자신부터 가꾼다

훌륭한 리더란 자신을 가꾸는 데서 시작한다.
대다수 관리자들은 내가 어떻게 조직을 이끌까만 생각한다.
자신을 어떻게 바꿀까에 대해서는 생각하지 않는다.

— 린다 힐(Linda A. Hill, 하버드대 경영대학원 교수)

보스boss학 전문가인 린다 힐 교수에 의하면
훌륭한 보스는 일상 속의 지속적인 훈련을 통해서만
키워질 수 있습니다.
유능한 보스의 3대 원칙은,
자기 자신을 관리하고,
인맥을 형성하고,
팀을 관리하는 겁니다.

세상은 넓고 다양하며 평평하다

한 회사의 경영진이 모두 한 자리에 있어야 한다는 생각은
과거의 모델이다.
한 곳에서 모든 것을 통제하기에
세상은 너무나 넓고 다양하며, 평평하기 때문이다.

– 제라드 클라이스터레이(Gerard Kleisterlee, 필립스 회장)

경영진들이 한자리에 머물러 있으면,
그 나라와 지역의 시각으로 세상을 보게 되면,
획일적이고 편향된 시각이 형성되게 마련입니다.
클라이스터레이 회장은
"아시아의 시각으로 유럽을 보고,
미국의 시각으로 아시아를 보고,
유럽의 시각으로 아시아와 미국을 보는 사람들이
다양하게 섞여 있어야 생산적인 대화가 이뤄진다"면서
미래 핵심 고객을 타깃으로 한 글로벌화 된 시각을 강조합니다.
모든 것을 한 곳에 몰아넣고 통제하기를 즐기는 기업들은
세계 곳곳에 본사 기능을 옮기고 있는 필립스의 새판 짜기 전략을
배울 필요가 있습니다.

기업 경영의 핵심은 진실성

기업 경영에서 가장 중요한 것은 진실성이다.

CEO가 거짓말을 하는 순간 신뢰는 무너진다.

— 팀 파커(Tim Parker, 샘소나이트 회장)

어느 기업이든 경영자가 직원들에게 거짓말을 하는 순간

기업 경영의 신뢰는 무너지기 시작합니다.

CEO와 직원들 간의 신뢰가 쌓일수록

기업 경영은 눈사람처럼 저절로 굴러갑니다.

기업 경영은 신뢰를 기반으로 하는

사람 경영입니다.

훌륭한 리더는 자기 자신부터 가꾼다

학습하는 리더가 되라

리더는 끊임없이 학습하고 올바른 의사 결정을 위해 노력하며,
앞으로 나아가야 한다.
때로는 그릇된 의사 결정도 나름대로 중요한 의미를 가진다.
실패를 통한 학습은
성공의 환희보다 훨씬 중요한 의미를 내포하는 법이다.

— 잭 웰치(John Frances Welch Jr., 전 GE 회장)

리더는 늘 학습을 게을리하지 않습니다.
끊임없는 학습으로 자신의 목표에 좀 더 가까이 설 수 있도록
능력을 계발합니다.
학습하는 리더는 스스로의 학습뿐만 아니라
미래의 발전과 경쟁 우위를 갖추기 위해
인재를 개발하고,
대화하고,
독려하고,
교육하는 일에 더 많은 관심을 가집니다.

김정원의 1분 경영노트

부드러운 리더십이 연임의 비결

나는 탁월한 사람이 아니다.
어떤 자리를 바라고 일하지도 않았다.
내게 주어진 일에 최선을 다할 뿐이다.

– 반기문(UN 사무총장)

한국인 최초의 UN 사무총장에 연임된
반기문 총장의 리더십이 새삼 주목을 받고 있습니다.
반 총장은 국제무대에서 '부드러운 카리스마',
성실하고 겸손함,
그리고 조화에 기반을 둔 동양적 리더십까지 겸비해
192개국 대표들로부터 기립 박수를 받으며 연임됐습니다.
연임 기간 동안
'성인의 길은 행동하되 다투지 않는다'는 그의 리더십이
세계 평화에 새로운 터닝 포인트가 되기를 기대합니다.

훌륭한 리더는 자기 자신부터 가꾼다

바람과 물결은 항해사에 달렸다

바람과 물결은 유능한 항해사에게 달려 있다.
바람과 물결을 제 편으로 만드는 유능한 항해사가 되라.

― 최은영(한진해운 회장)

항해사가 거친 바람과 물결을 헤쳐 나가기 위해서는
무엇보다 바람의 세기와 파도의 높이를 잘 알아야 합니다.
우리가 하는 일도 항해사와 같습니다.
우리의 인생은 거센 바람과 거친 파도를 헤치고
자신의 이름을 건 '인생의 거대한 함선'을
최종 목적지까지 안전하게 운행하는
항해사와 같습니다.

김정원의 1분 경영노트

리더는 사람에게서 희망을 읽는다

일이라는 것은 모두 세勢의 흐름의 영향을 받는다.
세란 것은 하늘의 뜻이다.
그러나 사람의 일이 더욱 중요하다.
어리석은 자는 하늘에 미루고
지혜로운 자는 사람에게서 모든 것을 살핀다.

– 수양대군首陽大君

좋은 리더는 인간 사이를 넓혀주고,
장애물을 뛰어넘도록 인도하는 사람입니다.
훌륭한 리더는 최고의 인재를
문제가 가장 큰 곳이 아니라 기회가 가장 큰 곳에 배치합니다.
위대한 지도자는 사람에게서
희망을 읽는 사람입니다.

훌륭한 리더는 자기 자신부터 가꾼다

없던 길을 만드는 사람

리더란 앞장서서 없던 길을 만들어가며
희망을 파는 사람이다.

– 나폴레옹(Napoléon Bonaparte)

리더란 보통사람보다 더 많은 책임을 짊어진 사람입니다.
위대한 리더란
거대한 퍼레이드의 맨 앞에 서서 위험을 감수하며
한 발 한 발 앞서 이끄는 사람입니다.
진정한 리더란
따뜻한 체온으로 다른 사람을 보듬어 안아주는 사람입니다.

선점 전략

먼저 전장에 도착해 싸움을 기다리면 편하고,
전장에 늦게 도착해 싸움을 걸면 피로하다.
전쟁을 잘한다는 것은 남을 움직이게 하는 것이지
내가 남에게 휘둘려 움직이는 것이 아니다.
－『손자병법孫子兵法』「허실편虛實篇」

적보다 먼저 전장에 도착하면,
보다 유리한 지형에 진지를 구축할 수 있습니다.
그러나 전장에 늦게 도착하면,
적에게 지형이나 물자는 물론
병사들의 목숨까지 내줘야 합니다.
가정이든 조직이든 기업이든,
선점先占 전략이 중요합니다.
즉, 내가 주도하고 남에게 주도 당하지 않는
'선도자의 법칙'이 필요합니다.

훌륭한 리더는 자기 자신부터 가꾼다

이청득심以聽得心

귀를 기울여 경청傾聽하는 것은
사람의 마음을 얻는 최고의 지혜다.

– 손병옥(푸르덴셜생명 대표)

말하는 것은 기술이지만 듣는 것은 예술입니다.
말하는 법은 훈련이나 교육으로 얼마든지 키울 수 있습니다.
하지만 듣는 법은
상대방에 대한 배려와 섬김이 있어야 가능합니다.

자기 자신과의 약속이 가장 무섭다

일본 속담에 '계란과 약속은 깨지기 쉽다'는 말이 있습니다.
약속은 하기 쉽지만 이행하기가 그만큼 어렵다는 뜻입니다.
하지만 우리는 가장 아름다운 실천을 약속이라고 생각합니다.
골퍼들은 라운딩 약속을 반드시 지켜야 하는 불문율로 받아들입니
다. 그러나 가장 무서운 약속은 자기 자신과의 약속입니다.
자신과의 약속을 가장 무섭게 생각하고 실천하는 사람만이
진정한 리더입니다.

자기 주도적으로 인생을 운전하라

멀미가 심한 사람도 자기가 차를 몰면 멀미하는 법이 없다.

인생도 마찬가지다.

인생을 자기가 주도적으로 운전하면

오르막이나 내리막이 있어도 멀미를 하지 않는다.

– 이상철(LG유플러스 부회장)

파도를 가까이서 보면 멀미가 납니다.

그러나 먼 바다를 보면 아무리 높은 파도도 잔잔하게 보입니다.

결국 긍정적 마인드가 자기 자신에 대한 강한 확신을 심어주고

주어진 조건에 원망하지 않고 견뎌낼 수 있게 합니다.

이 지구력이 전혀 극복할 수 없어 보였던 장애물까지

뛰어넘게 합니다.

큰 인물

군자君子는 그릇이 아니라 그릇을 만들어내는 틀이다.
군자는 너무 커서 담을 그릇이 없는 것이다.
설령 담긴다 하더라도 요리로써 담기는 것이 아니라
담길 요리를 만드는 물이나 불이나 소금으로 담긴다.

– 조지훈(시인)

최근 '안철수 현상'이 우리 사회를 뒤흔들어 놓았습니다.
멋진 성공, 착한 성공의 '안철수 현상'은 신물 난 정쟁政爭으로 꽉 막
힌 국민들의 염원을 뻥 뚫리게 해줄 새로운 인물이 필요하다는 것을
여실히 보여줬습니다.
우리가 목말라하는 지도자는
그릇에 넘치는 군자는 아니더라도
약자를 배려하고 정의를 생각하는
그런 사람입니다.

훌륭한 리더는 자기 자신부터 가꾼다

공직자는 얼어 죽어도 겻불을 쬐지 않는다

공직자는 단순한 봉급쟁이가 아니다.

중간 관리층 이상이면 직업 이상의 소명의식召命意識을 가져야 한다.

공직자에게는 얼어 죽어도 겻불을 쬐지 않는,

곧음을 지닌 선비정신이 있어야 한다.

– 이용섭(국회의원)

낙마한 김태호 총리 후보자 인사청문회(2010) 당시

가장 매섭게 그 자질을 따지고

고위 공직자의 자세를 준엄하게 일깨워줬던

이용섭 의원(민주당)의 말입니다.

이 의원이 고위 공직자의 첫째 덕목으로 도덕성을 꼽은 이 말은

공직자뿐만 아니라

모든 사람에게 적용됩니다.

넷 째 마 당

좋은
사람과
만나라

인연은 모든 것의 시작이다

인연은 모든 것의 시작이고,

좋은 인연을 맺는 것은 행복한 삶으로 가는 지름길이다.

– 손혜철(옥천 대성사 주지)

좋은 인연이란

어려운 상황에 처했을 때 함께하는 사람입니다.

좋은 인연이란

지금 만나고 싶은 소중한 사람과 함께하는 시간입니다.

좋은 인연이란

인생의 지혜를 일깨워 주는 동반자와의 만남입니다.

좋은 사람과 만나라

좋은 사람을 만나는 것은 신이 주는 축복이다.
그 사람과의 관계를 지속시키지 않는다는 것은
축복을 저버리는 것이다.

– 데이비드 패커드(David Packard, 휴렛 패커드 창업자)

자신과 밥을 같이 먹는 사람의 평균 연봉이
곧 자기 미래의 연봉입니다.
근주자적 근묵자흑近朱者赤 近墨者墨이라는 말처럼,
자신이 어떤 사람과 어울리느냐가 중요합니다.
큰 기업이 사외이사를 많이 두는 것처럼
인맥의 부자가 되십시오.
인맥을 많이 만들수록
삶은 더욱 풍성해질 것입니다.

공격하지 말고 위로하라

남을 손가락질하기는 쉽다.

우르르 따라가기는 더욱 쉽다.

하지만 바로 그런 순간,

당신은 세상에 휩쓸려

자기를 잃어버린다는 것을 기억하라.

– 혜민 스님(햄프셔대 교수)

내가 남을 공격하면 공격이 돌아오고,

내가 남을 위로하면 위로가 돌아오고,

내가 남을 사랑하면 사랑이 돌아옵니다.

행운을 부르는 인맥 관리

성공한 사람은 친구, 직장 동료, 상사 등 누군가의 도움을 받았다.
그러나 가장 중요한 것은 가정이다.
워런 버핏과 로스 페로는 성공의 비결로 아내를 꼽았다.
인맥人脈의 확장보다 중요한 것은
가장 가까이 있는 사람과의 관계이며,
이보다 더 중요한 것은 핵심 인물 관리다.

– 한상복(『보이지 않는 차이』의 저자)

성공한 사람들은 흔히 자수성가했다며
자랑스럽게 성공담을 늘어놓습니다.
이런 사람일수록 부모 또는 아내 등
가장 가까운 사람들로부터 도움을 받은 경우가 많습니다.
아무리 운이 좋은 사람이라도
독불장군식으로 자수성가한 사례가 흔치 않다는 점에서,
인맥의 확장 못지않게 중요한 것은
가장 가까이 있는 사람과의 관계를 개선하는 일임을
잊지 말아야겠습니다.

협력은 상생

협력協力은 상생相生이다.
자신이 가진 것 이상을 획득할 기회다.
진심으로 협력을 해본 사람은 그 가치를 안다.
중요한 것은 '내가 누구냐'가 아니라
'다른 사람과 함께 있는 내가 누구냐'는 것이다.

– 트와일라 타프(Twyla Tharp, 안무가)

무수한 주체들 간의 협동과 연대를 구축하는
협력적 네트워크network는 매우 중요합니다.
혼자 빨리 가기보다는
협력을 통해 좋은 방향으로 정확하게 간다면,
그 힘은 엄청난 시너지 효과를 내기 때문입니다.
일을 하기 전에
어떤 사람과 협력할 것인지를 먼저 생각하는 것이
성공의 첫걸음입니다.

나를 위해 용서하라

모든 사람이 적이 되어 당신을 해칠지라도,
평온한 마음만 유지한다면 내면의 평화를 지킬 수 있다.
하지만 당신의 마음속에서 생겨난 하나의 망상이
내면의 평화와 안정을 한순간에 무너뜨릴 수 있다.

– 달라이 라마(Dalai Lama, 티베트의 정신적 지도자)

내면의 평화를 찾기 위해서는
마음속 깊이 똬리를 틀고 있는 미움·증오·분노를
과감하게 벗어던져야 합니다.
지금 이 순간 누군가를 미워하고 증오하고 있다면
그 사람부터 용서하십시오.
그러면 마음이 평온해지면서
내면의 평화가 찾아옵니다.

권력과 인기는 왕관과 같다

권력과 인기가 영원히 자신의 손아귀에 있을 것으로 착각하는 사람들이 많습니다. 정권 말기 권력의 단맛만을 핥다가 종착역인 교도소에 하차하는 사람들이 끊임없이 이어지고 있습니다.

권력과 인기는 물을 주먹으로 움켜쥐는 것과 다름없다는 사실을 잊은 결과입니다.

사람 문제에 시간의 50퍼센트를 써라

당신이 진정 위대한 기업을 만들고 싶다면,

시간의 50퍼센트 이상을 사람과 관련된 일에 써라.

사람을 뽑고, 평가하고, 전보하는 일에 쏟지 않는다면,

결코 목적을 이룰 수 없다.

– 짐 콜린스(Jim Collins, 스탠퍼드대 경영대학원 교수)

CEO의 가장 중요한 일은

적합한 사람을 뽑아 적합한 자리에 앉히는 것입니다.

그리고 오랫동안 곁에 두고 신뢰하며

일을 맡기면 됩니다.

CEO의 업무 가운데 80~90퍼센트가 사람과 관련된 일이지만,

정작 사람의 중요성에 대해서는 제대로 알지 못하고 있습니다.

좋은 회사에서 위대한 회사로 가기 위한 성공 조건은

바로 사람에 대한 관심입니다.

좋은 사람과 만나라

모든 것은 소통에서 출발한다

조직에서 벌어지는 모든 문제는 소통의 잘못에서 시작된다.
외부인과 소통하는 건 새로운 혁신 아이디어를 얻는 좋은 창구이다.
– 메이요 클리닉(MAYO Clinic, 병원)의 혁신 키워드

파괴적 혁신으로 유명한 미국의 메이요 클리닉.
이 병원의 혁신 키워드는
'크게 생각하고, 작게 시작해, 빨리 움직인다'로
압축 요약하고 있습니다.
그리고 굳게 닫힌 '자기만의 성城'을 활짝 열고
소통하는 것입니다.

백락의 천리마

천리마千里馬는 어느 시대, 어디에나 있었다.

그러나 천리마를 구별할 수 있는 눈을 가진 백락伯樂은 언제나 드물다.

—『정관정요貞觀政要』

예나 지금이나 좋은 인재는 어디에나 있습니다.

그러나 좋은 인재를 알아보는 눈(안목)을 갖기는 어려운 일입니다.

중국 역사상 최고의 성군인 강희제康熙帝는

이곽李郭의 마음을 돌리기 위해 일곱 번이나 찾아갔습니다.

현대 경영에서도 백락처럼 종자 좋은 천리마人才를 고르는 안목을

기르는 것은 매우 중요한 일입니다.

삼고초려三顧草廬를 통해 얻은 인재라도

자기 사람으로 만들기란 쉽지 않으며

사람의 마음을 얻는 것은 더욱 어렵습니다.

좋은 인간관계는 난로 다루듯 하라

좋은 관계를 유지하려면
한 명 한 명을 난로 다루듯이 대해야 한다.
너무 가깝지도 멀지도 않아야 한다.

— 혜민 스님(햄프셔대 교수)

좋은 관계를 유지하는 비결은 간단합니다.
상대방의 말을 잘 들어주되
그 사람이 나와 무엇이 다른가가 아니라
나와 무엇이 같은가를 살펴보고
관심을 가져주는 겁니다.

김정원의 1분 경영노트

차는 '인생의 간'을 맞추는 것이다

차茶는 간을 맞추는 것이다.

음식의 간을 맞추듯 인생人生의 간을 맞추는 것이다.

—김미희(차의 선구자)

차는 음료 중에서 가장 오랜 역사를 갖고 있고,

커피 · 코코아와 함께 세계 3대 기호음료입니다.

우리가 차를 즐겨 마시고

대학에 차茶 학과가 개설될 정도로 차 문화가 발전했지만

차에 대한 이처럼 명쾌한 정의는 없었습니다.

차를 마실 때는

맑고 아름다운 '인생의 간'을 이야기하십시오.

좋은 사람과 만나라

천사와 천적

하늘은 (우리에게) 두 사람을 보내준다.

천사는 하늘에서 나를 돕도록 보내준 것이고,

천적은 나를 끊임없이 깎아서 인격을 다듬어주기 위해 보내준 것이다.

– 조정민(목사, 전 MBC 기자)

누구든지 천사를 만날 기회는 있습니다.

다만, 천사가 눈에 보이지 않을 뿐입니다.

하늘에서 보내준 천사를 만나기 위해서는

자신의 인격을 끊임없이 깎고 담금질해야

그 기회가 주어집니다.

사람의 덕은 만년까지 간다

― 『설원說苑』

우리는 가족, 연인들과 헤어지면서 늘 아쉬워합니다.

그러나 헤어짐은 곧 새로운 만남을 의미합니다.

새로운 만남은 기다림입니다.

그래서 아무리 오래 기다려도 전혀 힘들지 않습니다.

헤어짐은 다음에 더 좋은 모습으로 만날 것을 약속하는 것입니다.

모성은 검은색이다

모성母性은 검은색이다.

검은색은 어떤 얼룩도 다 받아들이고,

모든 것을 품어서 쉬게 한다.

– 유안진(시인)

검은색은 모성과 같습니다.

어머니는 자식의 모든 것을 다 들어주기 때문입니다.

어머니는 자식의 아픔도, 상처도,

다 빨아들여 가슴에 품습니다.

자식에게 강한 엄마

(자식이) 엄마에게 함부로 한다?
즉각 응징하라!

– 시오노 나나미(塩野七生, 일본 작가)

시오노 나나미는 세계적인 작가보다
엄마 노릇을 더 중요시했습니다.
그는 알렉산드로스 대왕, 율리우스 카이사르 등
역사적 영웅들의 뒤에는 용의주도하고 정열적이고 재능 있는
훌륭한 엄마 상像이 있다는 것을 알았습니다.
거기서 얻은 결론은 자식에게 강한 엄마가 되는 것이었습니다.
자식이 버릇이 없거나 잘못했을 때,
이에 맞설 태세를 취하거나 반항심이 싹틀 수 없도록
즉각 응징하되,
매사에 의논 상대가 되는 겁니다.

사랑이란 빵처럼 새로 구워져야 한다

사랑이란 돌처럼 한 번 놓인 자리에 그냥 있는 게 아니다.

그것은 빵처럼 항상 다시, 또 새로 구워져야 한다.

– 이상각(『인간관계를 열어주는 108가지 따뜻한 이야기』의 저자)

사랑한다는 것은 두 사람이

끊임없이 관계 개선을 위해 노력한다는 것입니다.

사랑을 하면 비극은 없습니다.

오히려 사랑이 없는 곳에 비극이 존재할 뿐입니다.

사랑이란 장애에 부딪칠수록

무럭무럭 잘 자라는 나무와 같습니다.

아름다운 이별

지금 나는 온천지를 신비로운 붉은 빛으로 물들이는 석양의 놀을처럼
가장 아름다운 태양의 모습이고 싶다.

– 패티 김(가수)의 은퇴 선언 무대의 글에서

떠날 때를 아는 사람은 가장 아름답습니다.

물러남은 새로운 희망을 품고 나만의 특별한 길을 여는 것입니다.

그가 가는 새로운 길에는 기쁨의 노래,

희망의 찬가가 울려 퍼지고 있습니다.

살아보니, 대단한 남자는 없더라!

(남자들과) 살아보니, 그렇게 대단한 남자는 없더라.
나이 많은 사람과도, 어린 남자와도 살아보니,
남자는 항상 부족하고 불안한 존재더라.

– 김지미(원로 영화배우)

네 번의 사랑(홍성기·최무룡·나훈아·이종구)으로
세상을 떠들썩하게 했던 원로 영화배우 김지미 씨가
《조선일보》와의 인터뷰에서 한 말입니다.
김 씨와 함께 살다 헤어진 이들은
모두가 당대 대단했던 사람들로
시기와 질투의 대상이었습니다.
김 씨가 자신의 사랑을 완벽하게 완성시키려 했던 욕심이
네 명의 남자를 나약한 존재로 만들었습니다.
사랑은 가장 달고 쓰지만,
영원히 미완성으로 끝납니다.

김정원의 1분 경영노트

부부란 조금씩 닮아가는 것

부부로 산다는 것은 서로에게 스며드는 것이다.
내력도 성격도 다른 남녀가
고락苦樂을 함께하며 아주 조금씩 닮아간다.
생각하는 것, 좋아하는 것, 말투, 얼굴까지 비슷해진다.
서로의 결함과 상처까지도 받아들이면서
말로 설명할 수 없는 교감이 쌓인다.

— 《조선일보》

부부란 세상에서 가장 가까운 존재지만,
외과 수술을 하는 것처럼 늘 신중해야 합니다.
부부 간의 끈을 오래 지속시키려면
고무줄처럼 탄력성 있는 사랑의 끈으로 동여매면 됩니다.
부부의 사랑은 주름살 속에 조금씩 닮아가고
생각하는 것까지 비슷해집니다.

마술은 공감의 예술

마술이란 무한한 가능성을 보여주는 공감의 예술이다.

마술에는 예술적 측면도 있다.

나는 지금도 예술의 가능성을 발견하고 찾아가는 중이다.

관객과의 공감은 그 가운데 핵심이다.

– 이은결(마술사)

마술가 이은결 씨.

그는 '스스로 만들어진 존재'라고 불러도 손색이 없습니다.

누구도 마술을 가르쳐주는 사람이 없었기 때문에

그의 스승은 오로지 외국의 마술 비디오였습니다.

얼마나 보고 또 봤는지

비디오가 늘어져서 더 이상 볼 수 없을 정도였습니다.

이런 집요함이

그가 세계 최고의 마술가가 되는 자양분이 되었습니다.

아첨과 아부의 해로움

참소하고 헐뜯는 사람들은 조각구름이 해를 가리는 것과 같아서
오래지 않아 절로 밝혀지나,
아양 떨고 아첨하는 사람들은 틈 바람이 살결에 닿는 것과 같아서
그 해로움을 깨닫지 못한다.
— 『채근담』

『채근담』에서는 참언하고 험구하는 사람들은
너무 근심하지 말라고 했습니다.
터무니없는 말은 조각구름이 해를 가리는 것과 같으니
오래지 않아 절로 밝혀지기 때문입니다.
듣기 좋은 말은 마치 창틈으로 새어드는 바람처럼
은근히 살갗을 파고듭니다.
그러다 보면 모르는 사이에
병病이 들기 쉽습니다.

이순신 장군과 을乙의 자세

이순신 장군이 임진왜란 당시

성격이 포악한 명明의 장수 진린陳璘을 만났다.

조정의 걱정과는 달리

'대쪽' 이순신은 철저하게 을乙의 자세로 그를 맞았다.

이순신은 진린에게 바짝 엎드려

융숭한 대접에 뇌물을 주며 비위까지 맞췄다.

진린은 이순신이 자신과 맞설 것이라고 예상했지만,

그만 허를 찔리고 만 것이다.

콧대 높던 진린은 이순신의 이런 인격에 감복해

부하들에게 예의를 갖추도록 했고,

그 역시 이순신을 존경하지 않을 수 없었다.

이순신은 풍전등화의 나라를 구하겠다는 일념으로

체면 · 자존심을 버리고 을의 태도를 취한 것이다.

– 안세영(서강대 교수)

우리는 직장 생활이든 사업이든 큰 것을 얻기 위해 불리한 을乙의 입장에서 도도한 갑甲과 협상해야 할 때가 많습니다. 이순신 장군은 어떻게든 진린의 비위를 맞춰 왜적을 몰아내야 하는 절박한 입장에서, 대의를 위해 눈앞의 체면이나 자존심을 과감히 버렸습니다. 이순신 장군으로부터 협상의 진면목眞面目을 배울 수 있습니다.

원망과 미움은 굽은 칼날과 같다

분노를 품고 있는 것은 독毒이 된다.

그것은 안에서 당신을 해치기 때문이다.

흔히 분노는

우리에게 상처를 준 사람들을 공격하는 무기처럼 생각되지만,

증오는 굽은 칼날과 같아서 휘두르면 우리 자신만 다친다.

– 미치 앨봄(Mitch Albom, 작가)

배신, 실패와 추락, 결별 등으로 등 돌림을 당했을 때,

분노는 참기 힘든 상처가 됩니다.

그러나 성공한 사람들의 공통점은

원망과 미움이라는 독을

용서와 분발이란 약으로 바꾼다는 것입니다.

배신과 결별, 실패와 추락이 자신의 운명을 덮칠 때

미움과 원망이란 독을 빼내야 합니다.

독은 굽은 칼날 같아서

남을 해치기 전에 나를 먼저 해치기 때문입니다.

상사나 아내와 싸우지 말라

상사와의 싸움에서 백전백승百戰百勝하는 이는 직장을 잃고,
아내와의 싸움에서 백전백승하는 남편은 가정을 잃을 수 있다.

– 송병락(서울대 명예교수)

손자孫子는 쓸데없는 싸움은 하지도 말고
이기지도 말라고 했습니다.
우리 주변에서는 쓸데없는 객기와 허세로 인해
직장을 잃고 가정도 잃는 경우를 볼 수 있습니다.
상사와 아내에게 불필요한 싸움을 걸기보다는,
져주고 모르는 척 하는 것이
싸우지 않고 이기는 전략입니다.

불과 물, 그리고 말

불火은 은밀한 곳에서 생겨나지만 그 쓰임새는 실로 크다.
불의 본성만 어기지 않을 수 있으면
사르고 굽고 녹이고 그릇을 구울 수 있어 생물을 이롭게 한다.
그러나 그냥 내버려두고 제어하지 않으면
오히려 재앙災殃을 일으킨다.
물水은 깊은 곳에서 나오지만 그 쓰임새는 실로 심원하다.
물의 본성만 어기지 않을 수 있으면
띄우고 싣고 마시고 부을 수 있어 생물을 구제한다.
그러나 물길이 흐르는 대로 막지 않으면 오히려 환란[患]을 초래한다.
말[言] 은 미세한 데서 일어나지만 그 쓰임새는 실로 넓다.
말의 본성만 어기지 않을 수 있으면 교화시키고[化] 명령하고[令]
고지하고[告] 가르칠[訓] 수 있어 생물에까지 영향을 끼칠 수 있다.
그러나 함부로 내뱉고 조심하지 않으면 오히려 화근[禍]이 된다.

－ 한유(韓愈, 당의 문장가)

불과 물과 말은 인간에게 어느 하나 소홀히 할 수 없을 만큼 소중합
니다. 불과 물로 인한 재난은 막을 수 있습니다. 그러나 세 치 혀가
내뱉은 말은 '칼에 맞은 상처보다 더 아프기' 때문에 화근이 됩니다.
세 치 혀로 다섯 자의 몸을 살리기도 하고 죽이기도 합니다.

안개가 짙은들

안개가 짙은들 산까지 지울 수야
어둠이 깊은들 오는 아침까지 막을 수야
안개와 어둠 속을 꿰뚫는 물소리, 새소리,
비바람 설친들 피는 꽃까지 막을 수야.

– 나태주(시인)

비가 오고 얼음이 풀리는 우수를 지나니
봄기운이 스멀스멀 느껴집니다.
제 아무리 비바람이 설친들
완연한 봄볕에 피는 꽃까지 막을 수는 없습니다.
꽃이 피고 푸른 잎이 움트면
생각의 잎이 넓어지고
삶의 열매가 서서히 맺히기 시작합니다.

다모클레스의 칼

법관法官에게는 재판 권능이라는 막중한 권한이 주어지지만,
그건 마음대로 휘두르는 권력의 칼이 아니다.
법관에게 칼이 있다면 가느다란 한 가닥 말총에 매달려
천장에서 우리의 머리를 겨누고 있는
'다모클레스의 칼'이 있을 뿐이다.

— 양승태(대법원장)

다모클레스의 칼은
기원전 4세기경 시칠리아 디오니시우스 왕이,
자신의 신하 다모클레스에게
'왕좌王座란 한 가닥 말총에 매인 칼이
머리 위를 겨누고 있는 것'이라고 한 말에서
유래했습니다.
다모클레스의 칼은
권력을 가진 자는 늘 경계해야 하고,
부와 영화 속에는
늘 위험이 도사리고 있다는 의미입니다.

좋은 사람과 만나라

가장 흠모하지만 가장 두려운 존재

내가 제일 두려워하는 사람은 이순신이다.

내가 가장 미워하는 사람도 이순신이다.

내가 가장 좋아하는 사람도 이순신이며,

가장 흠모하고 숭상하는 사람도 이순신이다.

그리고 가장 죽이고 싶은 사람 역시 이순신이며,

가장 차茶를 함께 하고 싶은 이도 바로 이순신이다.

– 와키사카 야스하루(脇坂安治, 임진왜란 참전 왜장)

이순신 장군은 열두 척의 함선으로
수백 척의 일본 해군과 맞서 싸웠습니다.
이순신은 '생필즉사 사필즉생生必卽死 死必卽生'의 정신과 리더십으로
23전 23승을 거두며 백척간두의 조선을 구해냅니다.
이순신은 비록 적장이지만
야스하루가 가장 두려워하면서도 가장 흠모할 정도로
인간적인 면모와 뛰어난 리더십을 갖춘
그야말로 성웅이었습니다.

척박한
땅에 핀
꽃의 향기가
더 짙다

마법의 순간은 준비된 자의 몫

인생에는 마법 같은 순간이 온다.
그때 준비된 사람은 자기 인생을 마법으로 바꿀 수 있다.

– 김은숙(드라마 작가)

2010년 석 달 동안 안방극장을 달군 SBS의 드라마 〈시크릿 가든〉의
작가 김은숙 씨의 말입니다. 극 중 길라임처럼 부친이 일찍 작고하
는 바람에 그는 월세 30만원짜리 방에 살면서 새우깡으로 3일을 버
틸 정도로 고단한 과거를 살았습니다.

김 작가는 그런 가난 속에서도 '작가의 자양분'을 키워 회당 3천만
원을 받는 이 시대 최고의 작가가 됐습니다.

극 중 길라임이나 김은숙 작가처럼 자신의 인생을 마법처럼 바꾸기
위해서는 고단한 준비 과정이 있어야 합니다. 그 마법의 순간은 준
비된 자만이 가질 수 있습니다.

웃음은 건강의 보배

인생 80년에서 우리는 잠자는 데 26년,

일하는데 21년,

밥 먹고 사람을 기다리는 데 각각 6년씩이나 보낸다.

그러나 웃는 데는 고작 22시간 3분을 보낸다.

– 최재천(이화여대 석좌교수)

웃음은 보약입니다.
웃으면 주름살이 펴지고 복福까지 불러옵니다.
웃음이 건강에 유익하다는 것은
이미 여러 연구에서 입증됐습니다.
우리 인생은 좋은 말만 하고
웃고 즐기며 살기에도
시간이 너무 모자랍니다.

척박한 땅에 핀 꽃의 향기가 더 짙다

겸손은 암도 물리친다

기적적인 암 치료를 달성한 환자들의 공통점은 겸손謙遜이다.
(이들은) 자신을 완전히 포기하고 내려놓은 것이다.
그럴 때 뭔가 치유의 에너지가 작동했다.
— 김의신(미국 최고의 암 전문 병원 MD앤더슨의 종신교수)

죽음의 문턱까지 갔던 암 환자들이 완쾌된 경우는 많습니다.
기적의 암 치료법은
의외로 단순하고 간단합니다.
암을 제거할 수 있는
'치유의 에너지'를 작동시키기만 하면 됩니다.
그 기적의 치유법은
모든 욕심을 내려놓는 '겸손'에서 시작됩니다.

돈으로는

집을 살 수 있지만 가정은 살 수 없고,

책을 살 수 있지만 지식은 살 수 없고,

의사를 살 수 있지만 건강은 살 수 없다.

– 김우용(시인)

돈은 귀신도 부린다고 합니다.

그러나 돈으로 할 수 없는 일은 많습니다.

과거의 소중한 추억을 돈으로 살 수는 없습니다.

돈으로 애틋한 첫사랑을, 친구 간의 우정을 살 수는 없습니다.

돌아가신 부모님을 돈으로 되살려 놓을 수 있다면

얼마나 좋을까요.

이 세상에는 돈으로 할 수 없는 것이

너무나 많습니다.

척박한 땅에 핀 꽃의 향기가 더 짙다

돈을 잘 쓰는 사람

돈을 잘 버는 사람은 부러움을 받지만,
돈을 잘 쓰는 사람은 존경을 받는다.

– 김순응(아트컴퍼니 대표)

우리는 돈을 잘 쓰기보다는
돈을 버는 데에만 온통 신경을 씁니다.
돈이 아무리 많아도 돈을 제대로 쓸 줄 모른다면
그 돈은 악惡의 부메랑이 되어
자신에게는 오욕汚辱을 안겨주고,
자식에게는 패가망신을 선물합니다.

부자로 죽는 건 부끄러운 일

부자로 죽는 것은 정말 부끄러운 일이다.
자식에게 유산을 물려주는 건 저주를 퍼붓는 것과 같다.

— 카네기(Andrew Carnegie, 미국의 철강 왕)

사람들은 자식에게 재산을 물려주지 못해 안달합니다.
자식이 부모로부터 물려받은 재산으로 편하게 살 것 같지만,
부모가 죽고 나면 형제간 재산 다툼이 일어나고
인생을 망치는 경우가 많습니다.
자식에게 재산을 물려주기보다는
인생을 슬기롭게 살아갈 수 있는
삶의 지혜를 전해주는 편이 훨씬 낫습니다.

척박한 땅에 핀 꽃의 향기가 더 짙다

부판蝜蝂의 욕심

부판蝜蝂은 짐 지기를 좋아하는 상상 속 곤충이다.

길에서 물건을 만날 때마다 등에 짊어진다.

갈수록 무거워져 견디기 어려워도,

힘이 다할 때까지 지고 가다 결국엔 죽는다.

– 유종원(柳宗元, 당의 시인)의 〈부판전蝜蝂傳〉

상상 속의 곤충 부판은

수전노처럼 욕심이 끝이 없습니다.

부판은 길에서 물건을 만날 때마다

등에 짊어지고 가다

결국 그 짐에 깔려 죽습니다.

사람들은 이미 재물을 엄청나게 쌓아 놓은 것도 모자라

더 쌓지 못한 것을 안달합니다.

가진 재산은 제때 미련 없이

슬기롭게 내려놓는 법을 배워야 합니다.

자식에게 재산을 물려주는 것은

아편을 건네는 것과 같기 때문입니다.

김정원의 1분 경영노트

상즉인 商即人

재물은 평등하기가 물과 같고,
사람은 바르기가 저울과 같다.

– 임상옥(조선시대 거상)

내 손에 들어온 재물은
잠시 머물러 있는 것에 불과합니다.
흐르는 물을 손바닥으로 움켜쥐면
잠시 손바닥 위에 고여 있지만,
곧 사라져버려 빈손이 되는 것과 같은 이치입니다.

척박한 땅에 핀 꽃의 향기가 더 짙다

연약한 뿌리가 바위를 뚫는다

눈을 감고 자기가 좋아하는 나무를 상상해보라.
나무에서 처음 나온 뿌리와 잔가지는 작고 연약해 보이지만,
강한 생명력으로 마법과도 같이
바위나 돌 틈을 뚫고 물가와 햇볕에 닿는다.
– 제인 구달(Jane Goodall, 침팬지의 대모)

침팬지의 대모이자 환경운동가인 제인 구달의 말입니다.
그는 '뿌리와 새싹'이라는 이름으로
121개 나라에서 작지만 의미 있는
청소년 환경 운동을 벌이고 있습니다.
제인 구달은 '청소년'은 뿌리와 새싹 같지만,
어른들의 탐욕이 빚은 '바위와 벽'이 (뿌리와 새싹 같은)
젊은이들의 강한 생명력을 성장하지 못하도록
밀어낼 수 있다고 경고했습니다.

세상엔 재미와 모험이 가득하다

세상은 정신없고 재미있고 모험이 가득 찬 곳이다.
멍하게 시간을 보내기엔 세상에는 엄청난 재미가 넘쳐난다.

– 폴 스미스(Paul Smith, 영국의 패션 디자이너)

남의 성공을 멍하니 바라보기에는 시간이 없습니다.
스스로 성공할 수 있는 물살을 만들어 올라타야 합니다.
세상의 재미와 모험을 나만의 특별함으로 한 움큼 움켜쥐십시오.

척박한 땅에 핀 꽃의 향기가 더 짙다

소리꾼 이전에 사람이 되라

나는 판소리를 노래만으로 배우지 않았다.

소리꾼 이전에 사람이 돼야 하고,

각 캐릭터가 그렇게 말하는 이유를 먼저 이해해야 한다고 배웠다.

발음 하나하나가 우리말을 살릴 수도 망칠 수도 있다.

– 이자람(소리꾼, 홍진기 창조인상 수상자)

프로 근성이 있어야 최고 전문가가 될 수 있습니다.

남과 같이 해서는 남을 능가하거나 뛰어넘을 수 없습니다.

무슨 일을 하든 제대로 해야 하고

뛰려면 확실하게 확 도드라져야 합니다.

이것도 저것도 아닌 뜨뜻미지근한 태도가

삶을 답답하고 피곤하게 만듭니다.

나를 위해 노래하리라

나는 나를 찬양하고 나를 노래하리라.

그리고 내가 취한 것에 그대도 취하게 되리라.

— 휘트먼(Walt Whitman, 미국 시인)

사람은 자신에게 가장 인색하고 모질게 굽니다.

작은 일이라도 성공적으로 마쳤다면

자신에게 후한 상을 내리십시오.

그리고 자신에게 아낌없는 칭찬을 하십시오.

그 칭찬은 새로운 삶의 활력제가 됩니다.

척박한 땅에 핀 꽃의 향기가 더 짙다

크게 생각하고 크게 행동하라

자신의 가장 좋은 친구가 되라.

그리고 자신을 믿어라.

누군가 대신 해줄 것이라고 기대하지 말라.

자신을 응원하고 스스로에게 격려의 편지를 써라.

그러면 모든 일이 잘 될 것이다.

– 노먼 빈센트 필(Norman Vincent Peale, 『적극적 사고방식』의 저자)

긍정적인 사고방식의 소유자 노먼 빈센트 필은
'크게 생각하라! 크게 행동하라! 크게 되라!'고 외치면서
하루를 시작할 것을 주문합니다.
스스로 할 수 있다고 자신을 믿고 생각하면
무엇이든지 할 수 있기 때문입니다.

타이밍을 알면 운은 저절로 온다

타이밍을 안다는 것은 운세를 안다는 것이고,

운세를 안다는 것은 자신의 행동을 그 자리에 맞춰

적절하게 행동할 줄 안다는 것이다.

– 서영태(전 오일뱅크 사장)

모든 일에는 적절한 타이밍이 있습니다.

지나친 욕심이 화禍를 부르기도 하지만,

우리는 그 타이밍을 잡기 위해 자신의 욕심을 최대한 낮추고

긴 시간 동안 마치 '강태공'처럼 살아갑니다.

타이밍은 곧 운세運勢입니다.

운세를 알면 자신의 일을 적절하게 행동으로 옮기게 되고

결국 행운幸運을 불러옵니다.

척박한 땅에 핀 꽃의 향기가 더 짙다

마음 하나면 충분하다

보다 많은 사람들의 무언가를 하고 싶다는 염원이 행동으로 나타날 때,
우리의 도시는 창생創生의 길을 걷는다.
마음 하나면 그것으로 준비는 되었다.
지금도 늦지 않았다.
마음 하나면 지키고 가꿀 수 있다.
마음 하나면 새로 시작할 수 있다.
– 강형기(향부숙장, 충북대 교수)

공무원 공부방인 향부숙鄕富塾의 숙장 강형기 교수는
'창조 행위는 에너지를 투입해 더 큰 에너지를 만드는 과정이고,
창조력은 지식과 기능에 기초한 상상력이 결합해
가치 있는 것을 만들어내는 능력이며,
창조는 비우고 채우는 과정'이라고 말합니다.
지역에서의 창조 활동은 백지 위에 그림을 그리는 것이 아니라,
지역의 자연과 풍토 위에서 새로움을 더해가고
세상에 없는 것을 생각하고 만들어내 발전시키는 것입니다.
도시를 창생시키고 창조적으로 경영하는 지역 창생은
일이관지—以貫之의 정신을 말합니다.

3단계 성공 공식

성공한 사람은
스스로의 '임계점critical point'을 돌파한 사람입니다.
꿈은 가슴에만 품고 있을 것이 아니라
주변 사람들에게 적극적으로 표현하고 말해야 합니다.
그 꿈을 글로, 그림으로, 사진으로 표현하면
성공할 가능성은 더욱 높아집니다.

성공은 99퍼센트의 실패로 만들어진다

성공이란 당신의 일에서 단지 1퍼센트의 비율로 존재할 따름이다.
99퍼센트는 실패失敗라는 이름으로 불린다.
– 혼다 소이치로(本田宗一郎, 혼다자동차 설립자)

성공이란 99퍼센트의 실패로 얻어집니다.
성공이란 계속되는 실패와 자기 반성을 통해 얻어지기 때문입니다.
따라서 실패는 우리에게 흥미 있고 가치 있는 도전입니다.
그래서 많은 사람들은 성공을 더욱 꿈꿉니다.

성공의 키워드

성공하기 위해서는 자각自覺해야 한다.
자신이 무슨 일을 하는지, 어떤 일을 좋아하는지,
마음 속 깊은 곳에서 부글부글 끓어오르는 것이 무엇인지를
알아야 한다.
사람은 먼저 나서는 솔선initiative을 실천하고
사회·환경 적응을 위해 노력해야 한다.
일하는 분위기가 어떻게 변하고 있는지 알고
거기에 맞춰 적응하라.
그러지 않으면 남이 나를 지배한다.

― 마리아 바르티로모(Maria Bartiromo, CNBC 앵커)

이는 미국에서 가장 유명한 경제 언론인이자 CNBC의 간판 프로그램인 〈클로징 벨〉의 앵커 바르티로모가 말하는 성공의 키워드입니다. 그는 『성공을 지켜주는 10가지 원칙』에서 '자신을 아는 일自覺, 솔선, 적응' 등을 들었습니다.

특히 여성들에게는 철저히 준비해 용감하게 사회와 맞부딪칠 것을 주문했는데, 이는 여성뿐만 아니라 남성에게도 적용됩니다. 어렵게 얻은 평판評判은 '사라지지 않는 자산'입니다.

척박한 땅에 핀 꽃의 향기가 더 짙다

성공하려면 계속 실패하라

먼지봉투 없는 진공청소기를 시장에 내놓기까지

5년 동안 5,127개의 모형을 만들고,

수없이 욕하고 벽에 머리를 찧으며,

행복감과 실망감 사이를 롤러코스터 타듯 왕복했다.

− 제임스 다이슨(James Dyson, 다이슨사 대표)

날개 없는 선풍기와 먼지봉투 없는 청소기를 개발한 제임스 다이슨은 개발 과정에서 자금이 바닥 나 아내와 함께 동전 한 닢도 아껴야 했습니다. 3,727번째 모형을 만들 땐 그의 아내가 생업을 위해 미술을 가르쳤습니다.

최종 제품 이전의 시도를 모두 실패라고 한다면 5,126개의 모형은 실패한 뒤 마침내 5,127번째 성공을 거둔 것입니다.

실패 없이 성공할 수 없듯이 실수나 실패는 발견(성공)에 한 발짝씩 다가가는 과정이므로 계속해서 실패하는 것이 성공에 이르는 길입니다. 5,126번의 실패에도 두려워하지 않는 다이슨의 개발 의지와 집념이 참으로 놀랍습니다.

절망의 이빨에 심장을 물어 뜯겨본 자만이

포기하지 말라.
절망의 이빨에 심장을 물어 뜯겨본 자만이
희망을 사냥할 자격이 있다.

― 이외수(작가)

절망은 인간의 최후의 감정 상태입니다.
절망의 허망함이란 꼭 희망과 같습니다.
절망만큼 욕심이 강한 매는 없습니다.
절망은 오히려 용기를 갖게 하므로
희망을 사냥할 기회를 줍니다.

꿈은 달아나지 않는다

꿈은 달아나지 않는다.

꿈을 갖고 좇는 것이 중요하다.

꿈을 좇지 않고 스스로가 꿈에서 도망쳐 버리기 때문에

방향성을 잃고, 일상에 쫓기고, 앞이 안 보여 고민하게 된다.

– 스에카와 이시유키(末川久幸, 시세이도 CEO)

꿈의 스토리엔 독특한 매력이 담겨 있습니다.

꿈은 우리 자신을 매혹시키고

영감을 불어넣어 주는 한 폭의 그림과 같습니다.

꿈은 미래의 원하는 모습을 위해

지금 해야 할 일들을 항상 생각하고 노력하는 것입니다.

꿈을 적으면 실현된다

미국 영화배우 짐 캐리Jim Carrey는 무명 배우 때
개런티 1,000만 달러를 받는 배우가 되겠다며
자신의 지갑 속에 1,000만 달러를 적은 종이를
항상 갖고 다녔다고 합니다.
그는 혹독한 노력 끝에
1,000만 달러 넘는 개런티를 받는 유명 배우가 됐습니다.
꿈은 마음속의 캔버스에서 끄집어내 말로 표현하면
실현 가능성이 높아집니다.
꿈을 그림으로 그리면 실현 가능성이 더 높아집니다.
꿈을 사진으로 표현하고 행동으로 옮기면
현실화될 가능성이 더욱 높아집니다.

척박한 땅에 핀 꽃의 향기가 더 짙다

현재에 충실해야

세상은 급변한다.
꿈을 이루기 위한 최고의 준비는 현재에 충실히 하는 것이다.
– 나승연(2018평창동계올림픽유치위원회 대변인)

꿈은 누구나 꿀 수 있습니다.
좋은 꿈의 열매를 맺기 위해서는
이른 봄부터 꿈의 밭과 생각의 터에
씨를 뿌리고 싹을 틔워야 합니다.
그래야 희망의 텃밭에서
수확의 기쁨을 맛볼 수가 있습니다.

청년이여, 가슴에 고래를 키워라!

푸른 바다에는 고래가 있어야지.

고래 한 마리 키우지 않으면 청년이 아니지.

— 정호승(시인)

요즘 청년들의 일자리 얻기가

마치 낙타가 바늘 구멍을 뚫는 것과 같이 어렵습니다.

청년들이 '마음의 바다'에 키우고 있는 고래는

결코 포기할 수 없는 꿈과 희망,

그리고 열정입니다.

청년들이 가슴속에만 고래를 키우면 청년이 아닙니다.

오대양 육대주에서 고래처럼 펄떡이며

전인미답의 길을 가야 합니다.

척박한 땅에 핀 꽃의 향기가 더 짙다

희망은 만들어가는 것

희망은 만들어가는 것이다
희망은 원래 어디에도 없다.
당사자가 만들면 있고, 안 만들면 없는 것이다.
– 도법 스님

우리가 살아 있는 한 희망은 존재합니다.
그 희망은 낮은 곳에서부터 밟고 올라서야
목적지에 도달할 수 있습니다.
어서 나를 일으켜 세워
희망의 계단을 밟아나가십시오.

희망이란

희망이란 본래 있다고도 할 수 없고 없다고도 할 수 없다.

그것은 마치 땅 위의 길과 같은 것이다.

본래 땅 위에는 길이 없었다.

걸어가는 사람이 많아지면 그것이 곧 길이 되는 것이다.

— 노신(魯迅, 중국의 작가)

희망이란 존재는 보일 듯 말 듯

손에 잡히지 않습니다.

희망이 희망으로 끝날 때

그것은 무의미한 환상에 불과합니다.

희망이 현실로 나타날 때

희망은 비로소 진정한 의미를 갖습니다.

척박한 땅에 핀 꽃의 향기가 더 짙다

척박한 땅에 핀 꽃의 향기가 더 짙다

돌 틈 사이에 핀 꽃은 쉽게 지지 않습니다.
모진 바람에 흔들리며 핀 꽃은 향기가 더 짙습니다.
사람도 이와 다르지 않습니다.
메마르고 척박한 밑바닥을 딛고 일어선 사람의 향기는
꽃보다 더 짙습니다.

희망과 행복의 차이

희망은 내일이 오늘보다 나을 것이란 생각이고,
행복은 내일이 오늘보다 더 나을 것이란 걸 아는 것이다.
미묘하지만 아주 중요한 차이다.

– 마이클 버크(Michael Burke, 펜디 CEO)

내일은 우리가 열어보지 않은 선물입니다.
내일은 사랑의 햇살이 들어오는
희망의 아침을 맞을 수 있기 때문입니다.
그래서 우리는 오늘이 되는 내일에
희망을 걸고 살아갑니다.

척박한 땅에 핀 꽃의 향기가 더 짙다

혼신을 다하면

진정한 지도자는 사람에게서 희망을 읽는 자이며,
혼신을 다해 운명을 개척해 나가면
불가능해 보이는 그 문도 활짝 열린다.

— 세조世祖

전혀 불가능해 보이는 일일지라도
열과 성을 다해 혼신의 노력을 하면
안 될 일이 없습니다.
도전조차 하지 않고 남의 탓을 하거나 포기한다면
내 앞에 놓인 엄청난 장애물은
영원히 넘기 어렵습니다.

한 눈으로 쓴 레슬링 희망가

오른쪽 눈이 하나도 보이지 않았다.
신경에 거슬려서 운동에 지장이 있었지만, 정신력으로 버텨냈다.

– 김현우(2012런던올림픽 금메달리스트)

김현우는 오른쪽 눈두덩이가 시커멓게 멍이 들고
부어올랐습니다.
다친 그의 눈으로는
가느다란 빛만 새어 들어올 뿐이었습니다.
그럼에도 불구하고 김현우는
한 눈으로 맥이 끊긴 한국 레슬링의 자존심을 지키고
새로운 희망을 만들어내는
투혼을 발휘했습니다.

척박한 땅에 핀 꽃의 향기가 더 짙다

소년원에서 희망을 노래하다

절대 포기하지 말라.

자신을 부끄럽게 생각하지 말라.

모든 도전이 성공하지는 않겠지만,

그 여정에는 분명히 교훈이 있다.

– 폴 포츠(Paul Potts, 영국의 오페라 가수)

볼품없는 외모, 가난과 따돌림,

교통사고와 종양 수술을 이겨내고

세계적 스타가 된 폴 포츠가

서울소년원생들을 위한 무료 공연을 하면서 한 말입니다.

너무 가난해 교복만 입었고,

그래서 친구들로부터 놀림감이 된 그였지만

노래만큼은 포기하지 않았습니다.

폴 포츠는 영국의 스타 발굴 TV 프로그램

〈브리튼즈 갓 탤런트〉에서 우승하며

마침내 꿈을 이루었습니다.

모든 출발은 아주 작은 것이었다

거목을 넘어지게 하는 것은
천하를 호령하는 벼락이 아니라
나무 속에 사는 조그만 딱정벌레다.

– 송길원(『비움과 채움』의 저자)

작은 것이 큰 것을 만듭니다.
깨알같이 작은 씨앗이 발아돼
아름드리 거목을 만듭니다.
거대한 둑도 개미구멍이 커지면서
무너집니다.

척박한 땅에 핀 꽃의 향기가 더 짙다

명상은 마음의 샤워

종교는 자신의 문제를 절대자에게 맡기고 간구하는 것이다.
명상은 자기 안에서, 자기 안의 신神을 통해 찾는 것이다.
(명상은) 잠자기 전 샤워를 하듯 마음의 샤워를 하는 것이다.
– 고도원(고도원 아침편지 대표)

명상은 자신과의 진지한 대화를 말합니다.
명상은 허세나 사치가 아닙니다.
마음의 때를 닦아내고,
내면에 꽈리를 틀고 있는 마음의 찌꺼기들을 제거하는,
마음의 샤워와 같은 소중한 작업입니다.

긍정은 힘이 세다

나는 전신마비를 긍정의 힘으로 이겼다.
매끈하고 유복한 삶이 인간다운 것이 아니다.
때로는 좌절과 어려움을 겪지만,
피하지 말고 꿋꿋하게 이겨내고 걸어가는 것이 맞다.

– 이상묵(서울대 교수, 전신마비 장애인 과학자)

'한국의 스티븐 호킹' 이상묵 교수는
2006년 미국에서 교통사고로 전신마비가 됐지만
좌절하지 않고 아픔을 극복하여
스토리 있는 리더로 거듭났습니다.
그는 비록 몸은 불편하지만
긍정적인 새로운 삶으로
많은 사람들에게 희망을 전파하고 있습니다.

척박한 땅에 핀 꽃의 향기가 더 짙다

지금이 바로 미래

미래는 살아 있다(Future is alive).
지금이 바로 미래다(Future is now).
아랍의 젊은이들이 미래를 개척해 가고 있다.
– 와다 칸파르(Wadah Khanfar, 알자지라 방송 총사장)

세계를 바꿀 수 있는 아이디어를 나누는 모임인 세계 지식인들의 축제 TED 콘퍼런스에서 칸파르가 최근 아랍권을 휩쓸고 있는 민주화 혁명과 관련해 한 말입니다. 이런 아랍의 민주화 혁명과 달리 북한의 젊은이들에게는 미래는커녕 희망조차 보이지 않습니다.

최근 북한은 김정일 궁전을 수십 대의 탱크로 에워쌓고 '서울 불바다, 핵전쟁' 등 협박의 목소리만 높였습니다. 지금 북한에서는 민주화의 작은 틈새조차 열리지 않고 있습니다.

* TED : 기술Technology, 엔터테인먼트Entertainment, 디자인Design의 머리글자로, 첨단 기술과 지적유희, 예술과 디자인이 하나로 어우어지는 행사.

먼저 핀 꽃이 일찍 진다

흔들리며 피는 꽃

흔들리지 않고 피는 꽃이 어디 있으랴
이 세상 그 어떤 아름다운 꽃들도 다 흔들리면서 피었나니
흔들리면서 줄기를 곧게 세웠나니
흔들리지 않고 가는 사랑이 어디 있으랴

젖지 않고 피는 꽃이 어디 있으랴
이 세상 그 어떤 빛나는 꽃들도 다 젖으며 피었나니
바람과 비에 젖으며 꽃잎 따뜻하게 피웠나니
젖지 않고 가는 삶이 어디 있으랴

– 도종환(시인, 국회의원)

촛불은 자신을 태워 어둠을 밀어내고 세상을 밝힙니다.
꽃은 동토凍土에서 삭풍을 견뎌내고 새싹을 틔웁니다.
사람은 누구나 고통을 겪지만,
그 고통 이상의 견뎌낼 힘 또한 공평하게 주어집니다.
다만 그 고통을 딛고 일어설 의지의 정도에서
차이가 있을 뿐입니다.

돈도 명예도 필요 없다는 사람

이름도 필요 없다, 돈도 필요 없다,

지위도 명예도 목숨도 필요 없다는 남자가

제일 상대하기 힘들다.

바로 이런 남자가 제일 무섭다.

그런 사람이라야 큰일을 이룬다.

－ 사이고 다카모리(西郷隆盛, 일본 개화기의 정치가)

우리 사회에서는 이런 인물을 찾기가 힘든 것이 현실입니다.
정권 말기 이명박 대통령을 지근거리에서 보필했던
최측근 인사들의 독직 사건이 꼬리를 물고 있습니다.
우리 사회에 정말 필요한 사람은
거짓 가면을 쓴 채 제 뱃속 채우기에 급급한 사람이 아니라,
끝까지 국민을 하늘처럼 알고 섬기는 공직자입니다.

먼저 핀 꽃이 일찍 진다

당신 자신이 보스다

거울을 보라.
보스boss는 당신 바로 자신이다.
거울에서 당신의 새로운 보스를 얻어라.

– 출처 미상

어떤 사람은 성공하기 위해선
가장 먼저 롤 모델을 만들어야 한다고 강조합니다.
또 다른 사람은 남을 무조건 따라할 것을 권합니다.
그러나 우리가 간과하고 있는 것은
내 자신의 보스가 누구인지 모른다는 것입니다.
당신의 보스는 바로 당신 자신입니다.

인간의 장애물은 작은 흙무더기

태산에 부딪쳐 넘어지는 사람은 없다.
사람을 넘어지게 하는 건 작은 흙무더기다.

— 한비자韓非子

거대한 나무를 무너뜨리는 것은
아주 작은 벌레입니다.
나무에서 처음 나온 뿌리와 잔가지는
작고 연약해 보이지만,
강한 생명력으로 바위나 돌 틈을 뚫고
물가와 햇볕에 닿습니다.
인간의 강한 의지는
불가능해 보이는 태산도 옮겨 놓을 수 있습니다.

먼저 핀 꽃이 일찍 진다

인생은 강물 같다

인생은 강물 같다.

좋은 일도 나쁜 일도 모두 보듬고 망망한 바다를 향해 흘러간다.

나는 강물 어디쯤에…….

– 이기옥(『나는 내 나이가 좋다』의 저자)

우리 인생은 강물과 같습니다.

강물은 숱한 전설과 사연을 삼킨 채 세월처럼 흐른다는 점에서

사람과 같은 데가 있습니다.

한 번 흘러간 강물은 거슬러 흐르지 않듯이

우리 인생도 한 번 지나가면 되돌아오지 않습니다.

강물은 우리에게

언제나 크고 깊은 교훈을 줍니다.

인생은 결국 살아남은 자의 것이다

(재즈는) 어렵고 포기하고 싶을 때가 많다.
하지만 흉내 낼지언정 지독히 따라하고 노력하다 보면
어느 순간 내 것이 나타난다.
인생은 결국 살아남은 자의 것이다.

— 윤희정(재즈 가수)

재즈는 누가 부르느냐에 따라 천차만별의 색깔로 나타납니다.
그래서 윤희정 씨는
재즈는 넘버 원이 아니라 온리 원only one이라는 점을
특별히 강조합니다.
재즈와 사랑하고 싸우고 연민해온 윤희정 씨처럼
우리가 하는 일도 사랑하고 싸우고 연민하다 보면
어느 누구도 감히 넘보지 못하는
자기만의 독특한 색깔인 온리 원이 만들어집니다.

먼저 핀 꽃이 일찍 진다

인생은 얼음 위에서 자전거를 타는 것

오르막에서 지친 몸이
내리막의 바람 속에서 다시 살아나
또 다른 오르막을 오른다.
– 김훈(작가, 자전거 레이서)

자전거를 타고 쌩쌩 달리면 상쾌하고 신이 납니다.
지그재그의 길을 아슬아슬하게 통과하면 오르막이 나타납니다.
힘겹게 오른 뒤 내리막을 시원스럽게 달리는 그 짜릿한 맛이
자전거 타기의 묘미입니다.
롭 릴월Lob Lilwall*은 시베리아에서 영국까지 28개국 5만여 킬로미터
를 3년에 걸쳐 달립니다. 타이어는 157번이나 펑크가 났습니다. 많
은 죽음의 고비를 넘기면서 얻은 그의 결론은 '인생은 얼음 위에서
자전거를 타는 것과 같다'는 것입니다.

* 롭 릴월Lob Lilwall : 『자전거로 얼음 위를 건너는 법』의 저자

김정원의 1분 경영노트

인생의 길은 외가닥

눈 덮인 들판을 걸어갈 때
발걸음을 하나도 어지러이 말라.
지금 내가 걸어가는 발자취는
뒷사람의 이정표가 되리니.

― 서산대사西山大師

이 세상에는 원래 아무도 가지 않은
나만의 길이 있습니다.
그 길은 나에 의해서 개척되고 만들어집니다.
그 길(인생의 길)은 여러 갈래의 길이 아니라
눈길보다 더 험한
외가닥 길입니다.

인생이라는 완행열차

옛날에는 급행열차의 삶을 살았다.

언제나 시간에 쫓겼다.

이젠 완행열차가 얼마나 좋은지 느끼고 있다.

간이역에 내려 꽃도 보고,

시냇물이 햇빛에 반짝이는 것도 보고,

그러다가 다시 기차를 탄다.

― 서혜경(피아니스트)

우리는 매사에 너무 서두르며 살아갑니다.

마라톤 선수가 경기에 앞서 신발 끈을 꽉 조여 매듯이

넉넉하게 '마음의 끈'을 조이는

여유로움을 가져야 합니다.

인생이란 아슬아슬한 줄타기

늦깎이 영화배우 김윤석.
연극배우 출신으로 바닥부터 기본기를 탄탄하게 다진 그는
충무로에서 그가 출연하는 작품 모두가 흥행에 성공하면서
흥행의 보증 수표가 되고 있습니다.
김윤석은 성공 조급증에 목말라하는 이들에게
일침을 놓습니다.
그는 먼저 출발하는 게 중요한 것이 아니라,
기회가 왔을 때 준비가 돼 있느냐가
더 중요하다고 말합니다.

자신만의 뇌관을 찾아라!

모든 사람은 한방이 있는 폭탄이다.
자신만의 뇌관을 찾아라.

– 박웅현(광고인)

누구에게나 자신 안에는 엄청난 에너지가 넘쳐흐르는
폭발직전의 뇌관이 있습니다.
자신만의 뇌관을 찾는 일은
가장 소중한 인생의 창작 작업입니다.
세상 사람들이 깜짝 놀랄 만한
자신만의 가장 위대한 뇌관을 끄집어내
남김없이 보여주십시오.

자신의 강점을 제대로 활용하라

인생에서 진짜 비극은
천재적인 재능을 타고 나지 못한 것이 아니라,
이미 가지고 있는 강점을 제대로 활용하지 못하는 것이다.
– 벤저민 프랭클린(Benjamin Franklin, 미국 정치가)

벙커 샷에 약했던 타이거 우즈Tiger Woods는 여기에 집착하기보다는 자신의 강점인 스윙 실력 향상에 힘을 쏟은 결과 약점에서 오는 콤플렉스에서 벗어날 수 있었습니다. 그러나 대부분의 사람들은 약점을 보완하는 데만 신경을 씁니다.

강점을 강화하는 데 집중하는 조직은 약점을 보완하는 조직보다 생산성이 1.5배 더 높습니다. 즉, 약점 보완에 20퍼센트, 나머지 80퍼센트는 강점을 강화하는 데 투자해야 합니다.

강점은 재능과 지식, 기술이 융합돼 만들어집니다. 재능은 타고나는 것이지만, 지식과 기술은 후천적으로 배우고 익힐 수 있습니다.

먼저 핀 꽃이 일찍 진다

자신에게 더 엄격하라

내가 남에게 베푼 공덕은 마음에 새기지 않되,
내가 남에게 잘못한 점은 마음에 새겨 두라.
남이 나에게 베푼 은혜는 잊지 말되,
남이 나에게 끼친 원망은 잊으라.
－『채근담』

남에게 공덕을 베풀되 그 보답은 받기를 기다리지 마십시오.
선행은 깨끗한 동기에서 시작하되
내 허물은 마음에 새겨
그 잘못을 갚도록 힘써야 합니다.
남의 은혜는 잊지 말되
남이 나에게 끼친 원망은 잊어야 합니다.

장미란과 무쇠 씨의 아름다운 이별

장미란과 무쇠(바벨) 씨는 세상에서 가장 아름다운 이별을 했습니다. 장미란은 런던올림픽 역도 경기장에서 안타깝게도 바벨을 놓치고 말았습니다. 잠시 정적이 흐른 뒤 장미란은 오른손에 입술을 대 바벨에 입 맞추고, 무릎을 꿇어 두 손을 모아 기도하고, 살며시 미소를 지었습니다. 이 장면은 세상에서 가장 깨끗한 패자이자 챔피언의 이별이었습니다.

장점을 더욱 발전시켜라

어떤 사람은 잘못된 점을 찾아 고치려고 한다.

하지만 나는 잘된 점을 찾아 그것을 더욱 발전시키려고 노력한다.

– 밥 워터맨(Bob Waterman, 경영 컨설턴트)

사람은 누구나 장단점을 가지고 있습니다.

그런데 내 허물보다 남의 단점이 더 잘 보이는 것이

세상의 이치입니다.

그러나 내 장점을 더욱 발전시키면

경쟁력은 한층 높아집니다.

그리고 남의 장점에 대해 칭찬을 아끼지 않는 습관을 들인다면,

그 조직의 분위기는 확연히 달라지고

성과도 높아집니다.

행복은 삶을 자각할 때 온다

행복을 잡기 위해 산을 넘고 골짜기를 건너 달려갈 필요가 없다.

삶, 그것을 자각하고 인식하고 깨닫고 느낄 때,

이미 행복은 그것과 함께 존재하는 것이다.

– 박목월(시인)

행복은 눈에 보이지 않지만 내 마음 안에,

우리의 삶 속에 함께 있습니다.

우리가 열심히 살아가고 있는 동안,

행복은 소리 없이

우리 곁에 다가와 있습니다.

먼저 핀 꽃이 일찍 진다

사진은 보이지 않는 것까지 생각하게 한다

겉으로 드러난 모습을 유심히 들여다보라.

그럼 그 안에서 세밀한 사랑, 다른 사람과의 관계,

속에서 연결되고 싶어하는 마음, 어린 아이 같은 마음이 다 들어 있다.

아주 나쁜 사람에게도 그런 마음은 다 있다.

그걸 이미지로 찍고 싶었다.

— 리처드 기어(Richard Gere, 영화배우)

〈사관과 신사〉 등으로 유명한 할리우드의 불자이자 영화배우인 리처드 기어가 렌즈를 통해 세상(『순례자의 길』)을 들여다봤습니다. 그는 사진은 눈에 보이는 것뿐만 아니라 보이지 않는 것까지 생각하게 만드는 매력이 있다고 합니다.

그는 특히 모든 종교가 훌륭한 것은 사랑과 자비에 바탕을 두고 있기 때문이라고 강조합니다. 달라이 라마를 스승으로 모시고 있는 리처드 기어는 30년 넘게 하루 1시간 이상 수행을 할 정도로 내공이 깊은 서양의 불교신자입니다.

먼저 핀 꽃이 일찍 진다

오래 엎드린 새는 높이 날고,
먼저 핀 꽃은 홀로 일찍 진다.
이를 알면 발 헛디딜 근심을 면할 수 있고,
조급한 마음을 없앨 수 있다.

─『채근담』

오래 엎드려 있던 매나 독수리는
힘을 충분히 모았기 때문에 날면 반드시 높이 날고,
먼저 핀 꽃은 일찍 시들기 마련입니다.
이 이치를 알면
서두르다가 일을 그르치는 어리석음을 면할 수 있습니다.

뒷모습에도 표정이 있다

사람의 뒷모습에도 표정이 있다.

앞모습은 꾸밀 수 있어도 뒷모습은 가릴 수 없다.

뒷모습은 마음이 자신의 속내를 드러내는 제2의 얼굴이다.

– 정석범(《한국경제》 문화전문기자)

사람의 앞모습은 화장이나 분장으로 가릴 수 있습니다.

사람의 속마음도 감출 수 있습니다.

그러나 사람의 뒷모습은 가릴 수 없습니다.

진정 아름다운 사람은 시련의 바람이 불더라도 '삶의 바다'를 향해

묵묵히 걸어가는 사람의 뒷모습에 있습니다.

김정원의 1분 경영노트

술은 반쯤만 취하는 것이 좋다

꽃은 반쯤 핀 것을 보고, 술은 조금만 취하도록 마시면
이 가운데 참말 아름다운 멋이 있다.
만약 꽃이 활짝 피고 술이 흠씬 취함에 이르면
문득 추악한 지경에 들고 마니,
가득 찬 곳에 있는 이는 마땅히 생각할지어다.

─『채근담』

꽃이 활짝 핌은 떨어질 날이 멀지 않음을 예고하는 것입니다.
술도 흠뻑 취하면 몸에 해롭고 주정을 하기 쉽습니다.
높고 넉넉한 자리에 있어서 넘치기 쉬운 이는
마땅히 삼가야 합니다.
술에 반쯤 취할 줄 아는 것이
술의 진정한 멋을 아는 사람입니다.

장수는 건강할 때에만 축복이다

장수는 건강이 동반하지 않을 때 재앙이 된다.
건강하게 나이 들기 위해서는 건강한 식습관과 운동,
스스로 집중할 수 있는 일을 찾아야 한다.

— 존 로빈스(John Robbins, 『100세 혁명』의 저자)

질병 없이 100세까지 사는 것은
모든 사람들의 희망입니다.
존 로빈스뿐만 아니라 장수한 사람들의 공통점은
채식 위주의 소식에다 꾸준한 운동,
그리고 다른 사람과 풍요로운 인간관계를 갖는 것입니다.

세월무상

한 손에 가시를 들고 또 한 손에는 막대를 쥐고,

늙는 길은 가시덩굴로 막고, 찾아오는 백발은 막대로 치려고 했더니,

백발이 제가 먼저 알고 지름길로 오더라.

— 『청구영언靑丘永言』

인간이 늙음을 막아보려 애를 쓰지만
빠르게 찾아오는 세월은 누구도 막을 수 없습니다.
세월에 대한 인간의 능력은 한계가 있음을
절실히 느낄 수 있습니다.
어디 세월뿐이겠습니까.
병이 들고 나서야 건강을 잃은 것을 후회하고,
부모님이 돌아가신 뒤에야 탄식을 하기 마련입니다.

먼저 핀 꽃이 일찍 진다

세월

세월은 가는 것인가 가는 것인가

가는 사람도 오는 사람도

먼 산도 세월인가

누워 있는 나 또한 세월이란 말인가

한 모금 담배 연기에도 부끄러운

나의 병도

차라리 세월이건만.

– 고은(시인)의 〈가을 병상病床〉 중에서

세월은 사람을 기다리지 않습니다.

지는 꽃과 흐르는 물洛花流水은 머문 듯 가는 것처럼 보이지만,

세월은 물과 같아서

나는 새가 눈앞을 스쳐가듯如鳥過目

지나가 버리는 것이 바로 세월입니다.

세월은 얻기 어려운 반면 잃기는 쉽습니다.

세월은 우리에게 책보다 더 많은 것을 가르쳐주고 있습니다.

불꽃처럼 스러지는 찰나의 인생

(사람들이) 돌에 튀는 불길이 빠른 빛 속에서

길고 짧음을 다툰들 그 세월이 얼마나 되며,

달팽이 뿔 위에서 자웅을 겨룬들 그 세계가 얼마나 되랴.

－『채근담』

한국 야구의 전설 최동원 씨 별세(2011년) 소식을 접하고,

사람의 일생 짧기가 마치 돌이 부닥칠 때 일어나는

불꽃과 같다는 생각이 들었습니다.

세상 사람들이 자신의 이익과 명예를 위한 다툼이

마치 달팽이 뿔 위에서의 싸움과 같습니다.

부싯돌 불꽃 같은 인생

달팽이 뿔 위처럼 작은 세상에서 무엇 때문에 싸우고 있는가.

부싯돌 불꽃같은 인생에 이 몸 맡겼을 뿐인데,

부富하면 부한대로 빈貧하면 빈한대로 인생을 즐기는 것이리라.

입 열어 크게 웃지 못하는 자는 정녕 어리석나니.

– 백거이(白居易, 당의 시인)

우리 인생은 찰나의 인생에 불과합니다.

그렇지만 사람들은 부와 명예,

그리고 더 많은 권력을 차지하기 위해

아귀다툼을 그치지 않고 있습니다.

1,200년 전에 이런 인간 군상들에 대한

'글의 회초리'를 든 백거이의 예지력이

그저 놀랍기만 합니다.

노인 한 명은 도서관 하나

노인老人은 도서관이다.

노인 한 명이 죽는 것은 도서관 하나가 불타는 것이다.

− 베르나르 베르베르(Bernard Werber, 『황혼의 반란』의 저자)

노인들에게는 삶의 지혜와 경험이 축적돼 있습니다.

노인들의 지혜와 경험은

도서관이 모두 담아낼 수 없을 정도로 넘쳐흐릅니다.

미래 사회는 노인들의 지혜와 경험을

젊은 세대와 어떻게 나눌 수 있느냐에 달려 있습니다.

먼저 핀 꽃이 일찍 진다

시간을 움켜쥐어라

시간은 세상에서 가장 하찮은 것 같으면서도 가장 회한을 많이 남긴다.

그것이 없으면 아무것도 할 수 없고, 사소한 것은 모두 집어삼키며,

위대한 것에는 생명과 영혼을 불어넣는다.

– 마이클 패러데이(Michael Faraday, 영국의 물리학자)

우리는 늘 시간과 마주하며 살아가고 있습니다.

시간을 잡는 것도 시간의 색깔을 바꾸는 것도

전적으로 우리에게 달려 있습니다.

분명한 것은

시간은 지금 우리를 어디론가 데려가고 있다는 겁니다.

우리가 시간을 움켜쥐지 못하면

손가락 사이로 물이 빠져 나가듯이 순식간에 사라집니다.

상수여수 上壽如水

물이 모든 것 중에 최고다.

물은 한꺼번에 들이켜기보다는 조금씩 자주 마시는 게 건강에 좋다.

물은 8~12도 수온에 무색·무미·무취인 것이 가장 맛있다.

− 강찬수(《중앙일보》 환경전문기자)

상수여수上壽如水라는 말이 있습니다.

건강하게 오래 살려면

흐르는 물처럼 도리에 따라 살아야 한다는 뜻입니다.

흐르는 물은 긍정적이고 한없이 부드러우면서도 넉넉합니다.

물은 막히면 돌아가고

모든 것을 수용하며

아래로 몸을 낮추며 흐릅니다.

먼저 핀 꽃이 일찍 진다

장수하려면 국화처럼

국화가 늦가을에 피어 된서리와 찬바람을 이기고

온갖 화훼 위에 홀로 우뚝한 것은 일찍 꽃을 피우지 않았기 때문이다.

무릇 만물이 일찍 이루어지는 것은 재앙이니

빠르지 않고 늦게 이루어지는 것이

그 기운을 굳게 할 수 있는 까닭이다.

— 홍유손洪裕孫의 『소총유고篠叢遺稿』 중에서

국화든 사람이든

일찍 피면 일찍 지는 것이 자연의 이치입니다.

즉, 서서히 천지의 기운을 모아 흩어지지 않게 하되

억지로 정기를 강하게 조장하지 말아야 합니다.

사람 수명의 길고 짧음은

모두 자기 스스로 취하는 것이지

결코 남이 주고 빼앗는 것이 아닙니다.

인간은 저물 무렵에 가장 지혜롭다

태양은 사라지기 전에 가장 곱게 세상을 물들이고,
나뭇잎은 떨어지기 전에 오래 숨겨 놓았던 색을 내보인다.
하지만 사람은 저물 무렵 자신의 아름다움을 모른 채
오직 먼 옛날 그 푸르던 날의 기억에 매달릴 뿐이다.

— 신경훈(《한국경제》 편집위원)

꽃은 지기 전에 가장 아름답습니다.
사람은 저물 무렵에 가장 지혜롭습니다.
사람이든 자연이든
세상에서 사라지기 전에 가장 아름답게 자신을 드러냅니다.
지기 전에 남기고 가야 할 것들이 많기 때문에
모든 에너지를 쏟아냅니다.

먼저 핀 꽃이 일찍 진다

인생에 정답은 없다

우리는 늘 가보지 않은 길을 그리워하고 후회한다.
하지만 막상 그 길을 갔을 땐 또 다른 후회가 생길 것이다.

– 손숙(연극배우)

사람은 늘 후회하며 살아갑니다.
지금 이 남자(여자)와 결혼하지 않았다면,
다른 직업을 선택했다면,
한 번만 더 꾹 참았다면…….
지난 일들이 왜 그렇게 후회스럽고 아쉬운지 모릅니다.
일을 완벽하게 마무리한 사람조차도
당시 다른 길로 갔더라면 어떤 결과를 얻었을까……,
늘 아쉬움이 남습니다.
그러나 우리가 과거의 일을
끊임없이 후회하고 반성하기 때문에
인간의 역사는 진보하고 발전합니다.

앉은자리가 꽃자리니라

반갑고, 고맙고, 기쁘다. 앉은자리가 꽃자리니라.

네가 시방 가시방석처럼 여기는 너의 앉은 그 자리가 바로 꽃자리니라.

반갑고, 고맙고, 기쁘다.

– 구상(시인)

이 시는 구상 시인이 1999년 국내 문화예술행정가 1호 이종덕 성남 문화재단 사장에게 '어떤 자리에서 어떤 고된 일을 당해도 꽃자리처럼 마음먹고 헤쳐 나가라'며 지어준 격려의 시詩입니다. 유명 시인으로부터 격려시를 받은 것은 대단한 영광이고 부럽기까지 합니다.

이 전 이사장이 2011년 11월 30일 퇴임 식장에서 격려시 '꽃자리'를 읊조리는 장면이 너무도 멋지고 근사해 보였습니다.

먼저 핀 꽃이 일찍 진다

은감불원殷鑑不遠

구리로 거울을 만들면 의관을 단정히 할 수 있고,

사람을 거울로 삼으면 득실을 분명히 할 수 있고,

역사를 거울로 삼으면 흥망성쇠의 이치를 알 수 있다.

— 『정관정요』

은감불원殷鑑不遠이란 말은

남의 실패를 거울처럼 비춰보고

자신의 경계로 삼으라는 말입니다.

국가든 기업이든 개인이든,

멸망의 사례는 아주 가까운 곳에 있습니다.

남의 실패는 내게 아주 귀중한 반면교사反面教師입니다.

김정원의 1분 경영노트

의족은 내 몸의 한 부분

사람은 장애가 아니라 능력으로 평가받아야 한다.
난 의족으로 걸어 다닐 수 있다.
휠체어를 타는 사람이 이용해야 할 장애인 구역에
주차할 필요를 느끼지 못한다.

– 오스카 피스토리우스(Oscar Pistorius, 남아프리카공화국의 의족 스프린터)

2011년 8월 대구세계육상선수권대회 400미터 경주에 참가해
비장애인 선수와 대결한 '의족 스프린터' 피스토리우스는
육상 역사에 한 획을 그었습니다.
피스토리우스는 태어날 때부터
두 다리에 종아리뼈가 없었습니다.
그는 생후 11개월 만에 무릎 아래를 절단하는
대수술을 받았고,
보철 의족이 그의 다리를 지탱하고 있습니다.
장애인 경기에서는 더 이상 경쟁자가 없는 그는
대구 경기에 출전,
다리 없는 다리로 새로운 도전에 나섰습니다.

먼저 핀 꽃이 일찍 진다

중대 결단을 할 때의 세 가지 원칙

인생의 중대한 결정을 할 때는 과거를 잊어버리라.
주변 평가에 연연하지 말라.
미래의 결과에 미리 욕심내지 말라.
– 안철수(전 서울대 융합과학기술대학원 원장)

대한민국 사람들의 현 정치권에 대한 실망감이 극에 달하면서
안철수 전 서울대 융합기술대학원장에 대한 관심과 기대가
증폭되고 있습니다.
그의 대통령 선거 출마에 대한 세간의 관심은
가히 폭발적입니다.

가치 있는 인생 살기

가치는 자신이 만든다.
인생이 자작이듯 인간의 가치 또한 자작이다.
성공한 사람이 되려고 하지 말고 가치 있는 사람이 되려고 하라.

– 정호승(시인)

성공했다고 가치 있는 인생을 산 사람은 아닙니다.
반면, 가치 있는 인생을 산 사람은
성공한 삶이라 할 수 있습니다.
가치 있는 삶을 살다 보면
성공은 저절로 찾아오기 때문입니다.
다만 그 가치는
스스로 만들어가야 하는 것입니다.

먼저 핀 꽃이 일찍 진다

사소한 일에도 특별한 가치를 부여하라

내가 만나는 모든 사람,

내가 하는 모든 일은 다 귀하고 아름답다.

– 조영주(전 KTF 사장)

나와 관련된 사람이나 일은

어느 하나 소중하지 않은 것이 없습니다.

내가 하는 일에 대한 명분과 가치를 부여하는 것은

더 큰 자부심을 갖는 의미 있는 행위입니다.

날마다 이 글을 거울에 붙여 놓고

자신이 만나는 사람이 얼마나 소중하고 귀한 존재인지,

그리고 자신이 하는 일이 얼마나 특별한지,

사소한 일에도 특별한 가치를 부여하면,

이미 성공에 다가선 것입니다.

겸손하지 않고 지르는 것이 매력

난 태생이 B급이다.

그런 것을 막 만들고 할 때가 소스라치게 좋다.

미국 팬들은 겸손한 척하지 않고

나처럼 막 지르고 하는 것을 더 좋아한다.

– 싸이(가수)

싸이가 K팝으로 또 하나의 브랜드를 만들었습니다.

그는 전 세계가 〈강남 스타일〉의 매력에 푹 빠져 있는 것을 두고 '말
도 안 되는 일이 벌어지고 있다'고 했습니다.

싸이는 최근 자신의 인기에 대해

마치 몰래 카메라가 아닌가 할 정도로

자신의 인기에 소스라치게 놀랐다고 했습니다.

한국인 최초로 〈강남 스타일〉이

팝의 고장 영국에서 1위를 차지한 데 이어

빌보드 1위까지 넘보고 있습니다.

약속한 대로 싸이는 웃통을 벗고 말 춤 공연을 했습니다.

먼저 핀 꽃이 일찍 진다

최고의 하루

누구에게나 최고의 하루는 있다.
당신 안에 존재하는 강렬한 힘을 꺼내
지금 이 순간을 최고의 순간으로 만들어라.

– 조 지라드(Joe Girard, 세계 최고의 판매왕)

우리는 내일이 오기 전까지
오늘의 고마움을 알지 못합니다.
비록 내일이 최악의 날이 되더라도
오늘에 충실한 삶을 누리십시오.
분명한 것은
오늘은 우리에게 허락된
단 하루의 확실한 소유물이라는 사실입니다.

김정원의 1분 경영노트

지구 온난화에 대한 경고

마지막 남은 나무가 죽고
마지막 남은 강물이 썩고
마지막 남아 있던 물고기마저 잡혔을 때
인간은 황금을 먹을 수 없다는 사실을,
돈으로 아무것도 살 수 없다는 사실을,
그때서야 알아차리게 될 것이다.

−시욱스(Sioux, 인디언 추장)

'냄비 속의 개구리' 실험을 예로 들지 않더라도,
지구 온난화에 대한 경고를
이보다 더 잘 표현한 사례는 없습니다.
지구 온난화로 인해 남극과 북극의 빙하가 녹고,
생태계가 파괴되고,
해수면이 급상승하고 있습니다.
지구 온난화는 이제
발등의 불이 됐습니다.

먼저 핀 꽃이 일찍 진다

자부심을 갖되 경솔하지 않기

자부심을 갖되 자만하지 않고,

기상을 높이되 떠벌이지 않고,

실무에 힘쓰되 경솔히 행동하지 않는다.

─시진핑(習近平, 중국의 차세대 지도자)

중국의 차세대 지도자 시진핑은 과묵하고 겸손하지만,

그의 좌우명에서 알 수 있듯이 할 말은 하면서도

절제력을 잃지 않는 사람입니다.

2009년 2월 멕시코에서 중국에 대한 인권 비판이 일자

그는 "새장 속이 시끄러우면 제일 시끄러운 놈을 들어내면 된다"는

직화직설直話直設로도 유명합니다.

9세 때 부친이 숙청·고문을 당하는 아픔을 겪은 시진핑은

2013년부터 10년간 중국을 이끌어 가면서

한반도의 정치·경제·문화 등에

많은 영향을 끼칠 것입니다.

우직지계迂直之計의 이치

가파른 산을 오를 때
아래에서 꼭대기까지 직선으로 길을 만들어 놓고
차로 올라가면 뒤집히기 쉽지만,
구불구불 우회로迂廻路를 만들어 올라가면
쉽게 올라갈 수 있다.

– 송병락(서울대 명예교수)

우직지계의 전략은 직공直攻보다는 간접적인 우회 전략입니다.
서양의 문화가 단도직입적으로 핵심을 파고드는
직直의 문화라면,
동양의 문화는 우迂의 전략,
즉,『손자병법』으로 압축될 수 있습니다.

먼저 핀 꽃이 일찍 진다

소중함은 오히려 잊고 산다

고기는 물을 얻어 헤엄치건만 물을 잊고,
새는 바람을 타고 날건만 바람이 있음을 모른다.
이를 알면 가히 외물에 대한 얽매임에서 벗어나
하늘의 작용을 즐기리라.

— 『채근담』

사람도 새와 물고기처럼
태양과 공기의 소중함을 깨닫지 못합니다.
지극한 은혜는 깨닫지 못하는 가운데 있고,
진실한 즐거움은 괴로움과 기쁨을 분별하지 못하는 속에 있습니다.
역설적이지만, 지나칠 정도로 소중함을 잊고 사는 것이
바로 사람입니다.

소인은 작은 이익을 탐한다

군자는 도道를 같이 함으로써 무리가 되고,

소인은 이익을 같이 함으로써 무리가 된다.

– 구양수(歐陽脩, 송나라의 대문호)

소인들은 작은 이익과 재물에 눈이 멀기 때문에

작은 이익에도 앞을 다퉈 탐하려 듭니다.

소인들은 그 이익이 다하면 관계도 소원해지고

언제 그랬냐는 듯이 뒤를 돌아보지 않습니다.

오죽하면 '부모의 등이라도 거저는 긁어주지 않는다'는 속담이 있을

까요.

빠름, 빠름, 빠름

우리는 속도에 중독돼 있고,

속도는 우리를 자극하고 몰아댄다.

　　　－ 로버트 레빈(Robert Levine, 미국의 심리학자)

우리 사회의 속도는 가히 충격적입니다.

성질 급한 사람들은 '빠름, 빠름, 빠름'을 끊임없이 외쳐댑니다.

마치 이것이 세상을 스마트smart하게 살아가는 절대선絶對善인 양 말
입니다.

불공평한 세상으로부터 맷집을 키워라

세상은 공평하지 않다.

당신이 이 사실을 받아들일 때

당신의 생生은 놀랍게 변할 것이다.

– 출처 미상

우리는 공정한 사회를 입이 닳도록 말합니다.

그러나 세상은 불공평합니다.

장관 후보자들이나 저축은행 비리에 연루된 관료들의

무너진 도덕성을 보면 그 끝을 찾기가 힘들 정도입니다.

그렇다고 불공평한 세상을 탓하며 퇴장할 수는 없습니다.

개인의 문제든 사회의 문제든

작은 일부터 고치고 개선하면서

엄격한 게임의 룰을 만들고 키워 나가야 합니다.

먼저 핀 꽃이 일찍 진다

늦더라도 좋은 방향으로 정확하게 가라

빨리 가는 것보다 더 중요한 것은
좋은 방향으로 정확하게 잘 가는 것이다.
이것이 행복한 인생의 첫걸음이다.

– 출처 미상

우리는 매사에 너무 서두릅니다.
빨리 가기만 하면 모든 것이 해결될 것처럼
'빨리빨리'라는 말을 입에 달고 살아갑니다.
우리에게 정말 필요한 것은
급하더라도 돌아가는 여유로움입니다.
늦더라도 좋은 방향, 옳은 방향으로 정확하게 가는 것이
보다 빠르게 가는 길입니다.

냉철함으로 무장하라

냉철한 눈으로 사람을 보고,
냉철한 귀로 말을 들으며,
냉철한 뜻으로 느낌을 감당하고,
냉철한 마음으로 이치를 생각하라.

－『채근담』

사람이 흥분하고 욕심이 앞서다 보면
마음이 어두워집니다.
그러니 무엇을 보아도 바로 보지 못하고
들어도 바로 듣지 못하며
느껴도 바로 느끼지 못합니다.
무엇보다 냉철한 눈과 냉철한 귀,
냉철한 뜻과 냉철한 마음이 필요합니다.

실천이 성불이다

행동으로 실천하는 것이 성불成佛이다.
실천하지 않는 성불은 몽상夢想에 불과하다.
형체 없는 불사佛事, '정신 불사'를 펼쳐야 한다.

– 김무원(천태종 총무원장 직무대행)

무원 스님은 다문화 스님으로 유명한 서울 명락사 주지이자 천태종 총무원장 직무대행을 맡고 있습니다.

무원 스님은 대각국사가 창건한 북한 개성시 영통사 복원을 주도하고 다문화 가정과 새터민들의 남한 정착을 적극 지원하고 있습니다. 그는 "전국에 이미 수많은 절이 있지만, 사찰 건물을 지키기 위한 건축 불사(?)만 많다"고 일침을 놓습니다. 진정한 포교는 형체 없는 불사, 즉 '정신 불사'를 행동으로 실천하면서 어려운 사람들을 돕는 불사입니다.

상자 밖에서 생각하라

초판 1쇄 인쇄 2012년 11월 15일
초판 1쇄 발행 2012년 11월 20일

지은이 김정원
펴낸이 김환기
펴낸곳 도서출판 이른아침

주 소 서울시 마포구 마포동 324-3 경인빌딩 3층
전 화 02)3143-7995
팩 스 02)3143-7996
등 록 2003년 9월 30일 제 313-2003-00324호
이메일 booksorie@naver.com

ISBN 978-89-6745-008-3 03810